間宮厚司
Mamiya Atsushi

歌ことばへの誘い

万葉異説

［増補版］

森話社

目次

Ⅲ　資料篇——難訓歌と類歌・異伝歌等

増補版　まえがき

本書は、小著『万葉異説』（森話社、二〇一一年）に第20話と第21話を新たに加え、気がついた誤植を修正した増補版です。小著の出版から丁度十年が経過し、森話社の担当者は西村篤さんから秋元優季さんに変わりました。

小著の「あとがき」に書きましたとおり、筆者は二〇〇八年の秋に脳内出血で入院しましたが、二〇二一年の春に再度脳内出血を患い、約二ヶ月間の入院生活を送り、退院後もリハビリを通院で行っております。職場の同僚や学生に御迷惑と御心配をおかけし、申し訳なく思っております。

コロナ禍で、大学の授業形式も大きく変わりました。筆者は、今年度の春学期は休職で、秋学期から復職になります。それまでに体力面を戻して、授業をきちんとできるようにしたいものです。

二〇二一年七月二五日

マスクのない日常を

まえがき

かつて、ひらがなもカタカナも無い時代がありました。書くための文字は漢字のみ。漢字だけで日本語を書き記さなければなりません。『万葉集』は、そんな奈良時代（八世紀末）に成立した、現存する日本最古の歌集です。その漢字ばかりが並んだ原文のほうにも目を向けながら、『万葉集』の歌を読んでみましょう。すると、趣向を凝らしたユーモラスな書き方に出合い、なるほどと驚き、感心させられることがあります。どうして古代人は、こうも柔軟な発想で、漢字を自由自在に使いこなすことができたのだろうか、と。

例えば、「憎くあらなくに」のニクを「二八十一」と書いた例があります。これは、かけ算の「九九」を知っていた証拠です。「恋ひ渡りなむ」のナムを「味試」と書いたのは、味見をするには、なめる必要があるということでしょう。「なほやなりなむ」のムを「牛鳴」と書いた例から、万葉時代の人々は、牛の鳴き声をムと聞きなしていたことが知られます。「色に出でば」のイデを「山上復有山」と、何と五文字も用いて表記しているのは、「山」の字を二つ重ねると「出」の字になるのを「山上復有山《やまのうえにまたやまあり》」と分解して説明したものです。こうしたパズルまがいの難解な表記もまれに見られます。

一〇〇〇年以上も昔に書かれた『万葉集』を読み解くことは、それほどたやすくありません。漢字には音と訓と意味があり、それぞれ一つとは限りません。そのため、漢字のみで書かれた歌と、それを読み解こうとする学者の思考が反応し合うと、実に多種多様な学説が現れます。その結果、複数の説が厳しく対立する場合も少なくありません。そこで肝心なのは、確かな根拠を示しつつ、合理的な説明を与えて、どれだけ説得力を有するかです。万葉歌を自分なりに納得のいく読み方で解釈し得たときの達成感は、格別なものがあります。

本書を執筆した動機は二つあります。一つは、筆者の答案（通説への異議申し立て）を世に問いたかったからです。それで、書名を『万葉異説』にしました。もう一つは、万葉歌を解読する魅力を伝えたいという思いがあって、とりわけ、日本文学専攻の学生に関心を持ってもらうきっかけになるならばという願いからです。実は、筆者が勤務する法政大学文学部日本文学科で、『万葉集』等の古典文学作品の語学的な研究を卒業論文のテーマにする学生は、もはや絶滅危惧種と言っても決して過言ではありません。この状況は他大学でも恐らく同様でしょう。早急に手を打たなければなりません。こうした現状になっているのは教員の側の責任であり、いかなる方法で研究を進めればよいのか、その展望を学生に示す必要があると、筆者は痛感しています。

本書の中で取り上げる万葉歌は、名歌・難訓歌・類歌になります。以下に具体例を少し紹介しましょう。まずは名歌を一首。

▼笹《ささ》の葉はみ山もさやに乱友我《われ》は妹思《いもおも》ふ別れ来ぬれば　（巻二・一三三）

右は柿本人麻呂《かきのもとのひとまろ》の名歌として、教科書などによく掲載されています。しかし、研究者の間では第三句の訓義が定まらない（サヤゲドモ・ミダルトモなど複数の読み方が考えられる）ために議論が絶えません。本書では名歌や秀歌とされる歌を読み直すことで、新たな見解を提示しました。

また、驚くべきことに『万葉集』には未解読の句が少数あり、その歌は難訓歌と呼ばれます。

▼思はぬを思ふと言はば天地《あめつち》の神も知らさむ邑礼左変　（巻四・六五五）

これは初句から第四句までは読めているのに、結句四文字が読めていません。難訓歌の解読は、タイムマシンでも発明されない限り、永遠に不可能と考える研究者も少なくありません。古来難訓として残されて来ただけに、本書の結論も決定的な訓読と解釈の披露というわけにはまいりません。けれども、従来の考え方とは異なる視点を導入することで、解決の方向性を模索した一試案として意義があるのではないかと判断し、仮定に仮定を重ねた推論を述べました。

それから、『万葉集』には類歌と呼ばれる表現のよく似た歌が多数存在します。類歌が誕生した背景には何があったのでしょう。歌を作る際、古代では作者の個性や独創的な表現よりも、先行する歌の表現様式に従うのが望ましく、重視されるという価値観（精神の働き）がありました。よって、当時は盗作問題にならず、既存する歌句は表現の型として、等しく歌人らの共有財産になっていたのです。次に類歌を一組示しましょう。

Ⓐ高島の安曇川波《あどかはなみ》は騒けども我は家思ふ宿《やど》り悲しみ　（巻九・一六九〇）
Ⓑ高島の安曇白波《しらなみ》は騒けども我は家思ふ廬《いほ》り悲しみ　（巻七・一二三八）

Ⓐとⓑは類歌の関係にあります。違いは、Ⓐ「川波…宿り」とⒷ「白波…廬り」の二箇所です。なぜ、「川波」だと「宿り」、「白波」だと「廬り」に対応しているのでしょうか。何か理由があるはずです。こうした微妙に相違する歌句をよく観察して、表現のわずかな違いが一首全体に及ぼす影響力がどれほどのものなのか、丁寧に比較することで、歌の妙味が十分に味わえるとするならば、有意義な研究法として認められるでしょう。本書では、類歌を比較した論文を多く紹介するだけでなく、資料篇として類歌を一覧しましたので、好きな歌を選んで比較実験を試みてください。筆者は、類歌の比較によって、『万葉集』研究の可能性を広げることができると信じています。

『万葉集』の味わい方は料理と同じで決まりはありません。アプローチの仕方も千差万別です。『万葉集』研究の歴史は一〇〇〇年以上と長いので、これまでに様々な見解が、次から次へと提出されてきました。それは十分に理解・納得できない点が残っているからにほかなりません。そうした背景には、資料的な制約と時間の経過が、当時の言葉や物事を不可解なものにしてしまったことがあります。もっとも、どこまでも解明しきれない部分があるからこそ、もどかしくも、やり甲斐のある探究が続くことになります。

ここで、本書の構成（Ⅰ～Ⅲ部）について、簡単に触れておきましょう。

「Ⅰ『万葉集』の基礎知識」は、本書を読む上で、これだけは必要と思われる基礎知識をまとめました。

「Ⅱ 万葉異説――訓読の再検討と類歌の表現比較」は、筆者の既発表論文に加えて、筆者が指導した法政大学の大学院生の論文も紹介しています。それぞれの論文を要約し、一論文を一話として、本書で六頁分に収めました。それに一話ずつ、間宮ゼミ所属の学生が描いたイラストを入れました。

「Ⅲ 資料篇――難訓歌と類歌・異伝歌等」は、Ⅱ部で取り上げた以外の難訓歌と類歌・異伝歌等を一覧しました。興味を持った歌の解読や比較にチャレンジしていただけるならば、嬉しく思います。研究する上で、誰にも制約されない心地よさ、そして答えを一つに決められない奥深さを楽しんでいただけるならば、それは筆者にとって誠に喜ばしく幸いなことです。

本書は文学部日本文学科の学生を読者に想定して執筆しましたが、学生に限らず、一人でも多くの方が、豊かな発想力を発揮して、誤りを恐れずに『万葉集』研究の新機軸を打ち出してくださることを願っております。

I

『万葉集』の基礎知識

『万葉集』

奈良時代末期に成立した現存する日本最古の和歌集。二〇巻。

選者については未詳ですが、最終段階に大伴家持《おおとものやかもち》が関わっていたと推察されています。奈良時代およびそれ以前に作られた四五〇〇余首を収録。五七五七七の短歌（約四二〇〇首）が九割以上を占め、そのほかに五七五七五七……七の長歌（約二六〇首）、五七七五七七の旋頭歌《せどうか》（約六〇首）、五七五七七七の仏足石歌《ぶつそくせきか》（一首）があります。

『万葉集』の記載によれば、最古の歌は仁徳《にんとく》天皇の時代（五世紀前半）になりますが、それらは伝承歌としての性格が著しく、実際には舒明《じょめい》天皇の時代（六二九〜六四一年）から後のものと思われます。一番新しい歌は天平宝字三年（七五九）の大伴家持の作です。額田王《ぬかたのおおきみ》・柿本人麻呂《かきのもとのひとまろ》・山上憶良《やまのうえのおくら》・大伴旅人《おおとものたびと》・山部赤人《やまべのあかひと》・大伴家持らが有名な歌人で、作者は歴代の天皇から無名の者まで幅広く、歌われた地域も、大和を中心に東国から九州にまで及びます。「雑歌《ぞうか》」「相聞歌《そうもんか》」「挽歌《ばんか》」などに分類されており、また、東歌《あずまうた》・防人歌《さきもりのうた》のように、異色の歌も収載されています。

諸本と注釈書

『万葉集』の原本は現存しません。現存最古の写本は『桂本《かつらぼん》』で平安中期のものです。ただし、巻四の三分の一程度しかとどめません。そのほかに平安時代に書写された本として、『藍紙本《らんしぼん》』『元《げん》暦校本《りゃくこうほん》』『金沢本《かなざわぼん》』『天治本《てんじぼん》』『尼崎本《あまがさきぼん》』『類聚古集《るいじゅこしゅう》』などが現存します。しかし、平安時代に全二〇巻が残っているものはありません。

全二〇巻揃う最古の写本は鎌倉時代後期の『西本願寺本《にしほんがんじぼん》』が最初で、これをベースに諸本を比較しながら、本文《ほんもん》を決定する作業が行われます。なお、異同を一覧した便利なものに、『校本《こうほん》万葉集』があります。

なお、『万葉集』の本文・訓読・解釈は、注釈書の数だけあると言っても過言ではありません。それは例えば、新旧の日本古典文学大系本（岩波書店）と新旧の日本古典文学全集本（小学館）を、それぞれ比べてみればよくわかります。なお、専門的な注釈書には、『万葉集注釈』（中央公論社）・『万葉集釈注』（集英社）・『万葉集全注』（有斐閣）などがあります。

多様な歌の書き方

万葉歌の原文は漢字のみで書かれていますが、その表記の仕方は様々です。例えば、原文が、

春楊葛山発雲立座妹念　（巻一一・二四五三）

の歌を読み下せば、

春柳《はるやなぎ》葛城山《かづらきやま》に立《た》つ雲《くも》の立《た》ちても座《ゐ》ても妹《いも》をしぞ思《おも》ふ

となります。この歌の場合は、漢字の訓を利用しつつ、活用語尾や助詞の表記を極力省略したもの

になっています。
その一方で、原文が、
安思比奇能夜麻毛知可吉乎保登等藝須都奇多都麻泥尓奈仁加吉奈可奴　（巻一七・三九八三）
の場合は、
あしひきの山《やま》も近《ちか》きをほととぎす月立《つきた》つまでに何《なに》か来鳴《きな》かぬ
と読み下せるので、この歌は漢字の音を借りて、一字で一音節を書いています。この書式は漢字を表音文字として、漢字本来の意味とは無関係に日本語（やまと言葉）を書き記したものです。

上代特殊仮名遣い

後世には一種類の音節になりますが、奈良時代には二種類の書き分けのある音節が存在しました。例えば、現在はユキ（雪）のキとツキ（月）のキとは同じ発音です。しかし、奈良時代には発音が異なり、万葉仮名（表音文字として用いた漢字）で表すときも、前者には「伎」「吉」等を用い、後者には「紀」「奇」等を用いて両者を区別していました。

このような発音の差に基づく万葉仮名の使い分けを、「上代特殊仮名遣い」と言います。また、後世では区別されないキの二種類について、一方（ユキのキなど）をキの甲類、他方（ツキのキなど）をキの乙類と呼びます。なお、こうした二種類の区別がかつて存在したことが確認されている音節としては、イ段のキ・ギ・ヒ・ビ・ミ、エ段のケ・ゲ・ヘ・ベ・メ、オ段のコ・ゴ・ソ・ゾ・ト・ド・ノ・モ（『古事記』のみ）・ヨ・ロがあります。こうした万葉仮名の二種類の書き分けの知識を持てば、これまで区別のできなかった語の解釈に役立つ場合があるのです。

例えば、『古事記』の歌謡に見られる「許久波《コクハ》」は、二類の書き分けの研究成果を適用するまで、「小鍬《こくは》」と解釈されていました。しかし、それは誤りであることが明らかとなりました。なぜなら、「小《こ》」は甲類の万葉仮名で書かれる語であるのに、「許久波」の「許」は乙類に属する万葉仮名だからです。そこで、「許」と同じコの乙類で表記されている語を探すと、「木《こ》の葉・木《こ》の間・木《こ》立」などの「木《こ》」があります。事実、正倉院には木製の鍬があり、このことから「許久波」は、「木鍬《こくは》」と解するのが定説になりました。

また、現代語だけでは見えなかった語源についても、甲乙の使い分けから判定できる場合が出てきました。例えば、「日」と「火」は現代ではヒと発音するので、同じ語源と考える人がいるかも知れません。けれども、「日」は甲類のヒ、「火」は乙類のヒですから、同源であるとは簡単には言えなくなりました。

字余り

和歌の字余り（五音・七音であるべき句が六音・八音以上になるもの）は、どんな場合に起こるのでしょうか。以下、よく知られている百人一首で字余りの句を含む全歌を、ひらがな表記のみで列挙してみます。字余りの句に傍線を付しましたので、その中の太字の箇所に注目してみてください。

あきのたの　かりほのいほの　とまを**あ**らみ　わがころもでは　つゆにぬれつつ　（一番）
たごの**う**らに　うち**い**でてみれば　しろたへの　ふじのたかねに　ゆきはふりつつ　（四番）
はなの**い**ろは　うつりにけりな　いたづらに　わがみよにふる　ながめせしまに　（九番）
わたのはら　やそしまかけて　こぎ**い**でぬと　ひとにはつげよ　あまのつりふね　（一一番）
きみがため　はるののに**い**でて　わかなつむ　わがころもでに　ゆきはつりつつ　（一五番）
たちわかれ　いなばのやまの　みねに**お**ふる　まつとしきかば　いまかえりこむ　（一六番）
わびぬれば　いまはたおなじ　なにはなる　みをつくしても　あはむとぞ**お**もふ　（二〇番）
いまこむと　いひしばかりに　ながつきの　あり**あ**けのつきを　まち**い**でつるかな　（二一番）
ふくからに　あきのくさきの　しをるれば　むべやまかぜを　あらしと**い**ふらむ　（二二番）
つきみれば　ちぢにものこそ　かなしけれ　わがみひとつの　あきには**あ**らねど　（二三番）
このたびは　ぬさもとり**あ**へず　たむけやま　もみぢのにしき　かみのまにまに　（二四番）
なにし**お**はば　あふさかやまの　さねかづら　ひとにしられで　くるよしもがな　（二五番）
をぐらやま　みねのもみぢば　こころ**あ**らば　いまひとたびの　みゆきまたなむ　（二六番）
やまざとは　ふゆぞさびしさ　まさりける　ひとめもくさも　かれぬと**お**もへば　（二八番）

こころ**あ**てに　をらばやをらむ　はつしもの　おきまどはせる　しらぎくのはな　（二九番）
あさぼらけ　あり**あ**けのつきと　みるまでに　よしののさとに　ふれるしらゆき　（三一番）
わすらるる　みをばおもはず　ちかひてし　ひとのいのちの　をしくも**あ**るかな　（三八番）
しのぶれど　いろに**い**でにけり　わがこひは　ものやおもふと　ひとのとふまで　（四〇番）
かぜを**い**たみ　いはうつなみの　おのれのみ　くだけてものを　おもふころかな　（四八番）
みかきもり　ゑじのたくひの　よるはもえ　ひるはきえつつ　ものをこそ**お**もへ　（四九番）
たきの**お**とは　たえてひさしく　なりぬれど　なこそながれて　なほきこえけれ　（五五番）
めぐり**あ**ひて　みしやそれとも　わかぬまに　くもがくれにし　よはのつきかな　（五七番）
さびしさに　やどをたち**い**でて　ながむれば　いづこもおなじ　あきのゆふぐれ　（七〇番）
たかさごの　をのへのさくら　さきにけり　とやまのかすみ　たたずも**あ**らなむ　（七三番）
うかりける　ひとをはつせの　やま**お**ろしよ　はげしかれとは　いのらぬものを　（七四番）
ちぎり**お**きし　させもがつゆを　いのちにて　あはれことしの　あきもいぬめり　（七五番）
わたのはら　こぎ**い**でてみれば　ひさかたの　くもゐにまがふ　おきつしらなみ　（七六番）
せをはやみ　いはにせかるる　たきがはの　われてもすゑに　あはむとぞ**お**もふ　（七七番）
あきかぜに　たなびくくもの　たえまより　もれ**い**づるつきの　かげのさやけさ　（七九番）
ながからむ　こころもしらず　くろかみの　みだれてけさは　ものをこそ**お**もへ　（八〇番）

よもすがら　もの**お**もふころは　あけやらで　ねやのひまさへ　つれなかりけり　（八五番）

わがそでは　しほひにみえぬ　おきの**い**しの　ひとこそしらね　かわくまもなし　（九二番）

ひともをし　ひともうらめし　あぢきなく　よを**お**もふゆゑに　ものおもふみは　（九九番）

百人一首一〇〇首中三三首、そのうち一首に二句の字余りのある歌が二首（四番と二一番）あるために、計三五句が字余り句です。字余りの法則は、本居宣長によって発見されました。字余り句の中には句中に単独母音アイウオが含まれていることが判明したのです。百人一首では、例外がありません。字余り句の中の太字で示した箇所が単独母音です。

この原則は、『万葉集』でも同じです。以下、いずれも読み方の確定している仮名書きの歌例を示しましょう。

Ⓐ世の中は恋繁《しげ》しゑやかくしあらば〈加久之**阿**良婆《かくしあらば》〉梅の花にもならましものを　（巻五・八一九）

Ⓑあさりする漁夫《あま》の子どもと人は言へど〈比得波**伊**倍騰《ひとはいへど》〉見るに知らえぬうまひとの子と　（巻五・八五三）

Ⓒ水久君野《みくくの》に鴨の這《は》ほのす児ろが上に〈児呂我**宇**倍尓《ころがうへに》〉言《こと》をろ延《は》へていまだ寝《ね》なふも　（巻一四・三五二五）

Ⓓ百《もも》つ島足柄小舟《あしがらをぶね》あるき多み〈安流吉**於**保美《あるきおほみ》〉目こそ離《か》るらめ心は思《も》へど　（巻一四・三三六七）

一つずつ確認しますと、原文表記の〈　〉内の太字のとおり、Ⓐには単独母音アが、Ⓑには単独母音イが、Ⓒには単独母音ウが、Ⓓには単独母音オが、やはり字余り句の中に含まれています。

では、次の①〜④の短歌を初句・二句・三句・四句・結句で切るとどうなるでしょう。ポイントは、字余りの許される条件を考えて、句の切れ目を認定することです。

①ひぐらしのなきつるなへに日《ひ》はくれぬと思《おも》ふは山《やま》のかげにぞありける　（古今集・二〇四）
②おきて見《み》むと思《おも》ひしほどに枯《か》れにけり露《つゆ》よりけなる朝顔《あさがほ》の花《はな》　（新古今集・三四三）
③あはれあはれこの世《よ》はよしやさもあらばあれ来《こ》む世《よ》もかくや苦《くる》しかるべき　（山家集・七一〇）
④今は我《あれ》は死なむよ我《わ》が背《せ》生《い》けりとも我《あれ》によるべしと言ふといはなくに　（万葉集・六八四）

句の切り方は、次のとおりです。

①ひぐらしの―なきつるなへに―ひはくれぬ―と**お**もふはやまの―かげにぞ**あ**りける
②おきてみむ―と**お**もひしほどに―かれにけり―つゆよりけなる―あさがほのはな
③あはれ**あ**はれ―このよはよしや―さも**あ**らば**あ**れ―こむよもかくや―くるしかるべき
④いまは**あ**れは―しなむよわがせ―いけりとも―あれによるべし―と**い**ふと**い**はなくに

右の中で、③の第三句は五音であるべき句が七音、④の結句も七音であるべき句が九音で二音節分の字余りになっています。しかし、よく見ると句中に二つの単独母音が入っているので、字余りの条件を満たしていることになるのです。

なお、『万葉集』に現れる字余りの現象（その性格と意味）について、最先端の研究をお知りになりたい方には、山口佳紀『万葉集字余りの研究』（塙書房、二〇〇八年）をおすすめします。そこには、アイウオだけでなく、（ア行の）エが句中に含まれた字余りについても言及されています。また、句中に単独母音が含まれているにもかかわらず、字余りになっていない句、例えば、百人一首の一番の第二句「かりほのいほの」のような場合には、字足らずになるのかなどといった問題についても『万葉集』全体にわたって論じており、目から鱗が何枚も落ちます。

ところで、字余りについては、佐竹昭広『古語雑談』（岩波新書、一九八六年）の一七〇～一七四頁の解説がわかりやすく、読み物としてもたいへん興味深い内容になっています。

『古語雑談』ではまず、字余りは、母音が重出している場合に起こるのだと、以下のように明快に説明しています。

「字余り」はどんな場合に起こるか考えてくるように、という宿題が出たのは、旧制中学三年の国語の時間であった。新学年早々、教科書に『古今集』の歌が数首抄録されていたのである。先生は新任の非常勤講師で、まだ黒い詰襟《つめえり》の学生服を着た東大の大学院生だった。与えられたヒントは「字余り」をローマ字で書いてみること。

年のうちに春は来にけり一年《ひととせ》を去年《こぞ》とや言はむ今年とや言はむ（『古今集』巻一、一）

「年のうちに」を tosinouchini と、「今年とや言はむ」を kotositoyaihamu と書いてみたり、

春来ぬと人は言えどもうぐひすの鳴かぬ限りはあらじとぞ思ふ（同、一一）

「あらじとぞ思ふ」をarazitozoomohuなどと書き直してみたりしているうちに、「字余り」句の中には母音が二つ連続して並んでいるようだということがおぼろげながらわかった。この宿題は謎《なぞ》解きの面白さも手伝って、皆が大変興味を持った。

続いて、『古語雑談』は、「字余り」と母音の脱落の関係を次のように簡潔に解説します。

> 年譜から逆算すると先生は当時二十九歳であった。「字余り」の句中にはなぜ母音が二つ連続しているのか、その理由は日本語の母音の特性を知らなければ理解できないと前置きして、恩師、橋本進吉《はしもとしんきち》の論文「国語の音節構造と母音の特性」の内容を詳しく説明された。
>
> 日本語では、語頭に母音音節を有する語が他の語の後に結合して複合語または連語を作る時、(一)その母音音節が脱落する。ナガアメ(長雨)→ナガメ、カリイホ(仮庵)→カリホ、タツノウマ(竜の馬)→タツノマ、カタオモヒ(片思)→カタモヒなど。
>
> あるいは(二)その直前の音節の母音が脱落して、その音節を構成した子音と次の母音音節の母音とが結合して新しい音節を作る。アライソ(荒磯)→アリソ、アラウミ(荒海)→アルミ、ニアリ(に在り)→ナリ、ズアリ(ず在り)→ザリなど。
>
> どちらにしても結局は単独の母音音節が姿を消してしまうわけであるが、これは二つの母音が直接接触し合うことを避けようとしたものだ。古代語において特に顕著にみられる現象である、と。

そして最後に、石垣謙二先生の授業の想い出を、こう締めくくっています。

二つの母音が直接接触し合うことを忌避しようとする国語母音の特性と、「字余り」句が句中に連続する母音を含んでいる事実とは深く相関わる。「字余り」の法則は本居宣長によって発見されたが、それは、

「母音々節ではじまる語が他の語の下に連なつて句を成した場合であつて、随つてその一句を詠ずる時は、その母音々節は前の語の最後の音節を構成する母音の直後に続いてこれと接触する事となる。」

「接触する二つの母音の一つが脱落を起こす場合と同じ条件の下にあるのである。」

「とにかく母音々節が句の内部にあれば、六音又は八音の句でも五音又は七音の句と同等に取り扱はれたといふ事は、母音々節が前の音節の母音に接してあらはれる場合には一つの音節として十分の重みを持つてゐなかつた事を示す」（橋本論文）。

中学生を前に師説の要約は理路あくまで透徹、しかも情熱をこめて語られる橋本博士への敬慕の念は聞く者の胸を打った。

石垣謙二《いしがきけんじ》先生、昭和二十二年四月没、行年三十二歳。遺稿集『助詞の歴史的研究』昭和三十年、岩波書店刊。

II

万葉異説——訓読の再検討と類歌の表現比較

◉第1話

家持の万葉秀歌を読み直す

堅香子《かたかご》の花を攀《よ》ぢ折りし歌一首

▼もののふの八十《やそ》をとめらが汲《く》みまがふ寺井《てらゐ》の上《うへ》の堅香子《かたかご》の花　（巻一九・四一四三）

右は万葉末期を代表する歌人大伴家持《おおとものやかもち》が、越中《えっちゅう》在任中に詠じた歌で、『万葉集』計四五〇〇余首中ベスト一〇〇に選ばれるほどの名歌と言われ、これまで様々な視座から論じられてきました。

この歌は新日本古典文学大系『万葉集』（岩波書店）では、「（もののふの）たくさんの乙女らが入り乱れて汲みあう、御寺の井戸ばたのカタクリの花よ」と現代語訳されていますが、そのほかの万葉テキストをひもといても大同小異の通釈がなされ、どれも大差ありません。

ちなみに、『万葉集』でこの一首にだけ歌われているカタカゴ（現在のユリ科の多年草片栗《かたくり》）の花は、一九九五年に富山県高岡市の花となりました。

ところで日本には、もともと文字がなく、中国の漢字と接することで、文字と文章を初めて知ります。漢字とのめぐりあいは、空間的・時間的に隔てられた人間同士の伝達を可能にする画期的な出来事でした。奈良時代の『万葉集』は漢字だけで書かれ、平仮名や片仮名の誕生は平安時代まで待たねばなりません。そこで、冒頭のカタカゴの歌を『万葉集』が成立した奈良時代末（八世紀末）の本来の書き方に戻せば、次のように漢字ばかりの羅列になります。

物部乃八十嬬嬬等之挹乱寺井之於乃堅香子之花

この全文漢字の『万葉集』は平安時代になると、すでに難解で読みにくいものになっていました。それで九五一年に村上天皇が識者五人を集めて、万葉歌を解読するためのプロジェクトチームを結成。爾来《じらい》、一〇〇〇年を超える膨大な研究の積み重ねの歴史があります。とは言え、未解決の問題は決して少なくありません。現に多くの万葉学者が漢字オンリーの歌を和語に還元する地道な作業を長年にわたって続けてきたものの、読み方の定まらない箇所は数多く存在し、課題が残されています。それは実際に複数の万葉テキストを見比べれば、一目瞭然です。

さて、カタカゴの歌の第三句ですが、原文は「挹乱」と書かれており、読み方はどのテキストも「汲《く》みまがふ」で一致しています。しかし、万葉歌に見られる動詞マガフと、その名詞形マガヒの例を確かめてみますと、「梅の花散りまがひたる」（巻五・八三八）、「もみち葉の散りのまがひは」（巻一五・三七〇〇）、「降りまがふ雪につどへる」（巻三・二六二）のように、マガフと歌われる対象は「花・葉・雪」に限定され、かつ「散る・降る」と必ず併用されているのです。要するに、カタカゴの歌以外は小片のものが散ったり、降ったりする例しかありません。そうすると、乙女らが水を汲む様子を果たしてマガフと言い得たか、はなはだ疑わしいと思います。この点について、吉岡曠［二〇〇二］は、「八十少女たちが「まがふ」という言い方がありえたかどうか、きわめて疑問だといってよいでしょう」と、同様の疑問を投げかけていますが、「クミマガフという訓には問題はなさそうです」と読み方に関しては疑っていません。筆者の見解は、間宮厚司［二〇〇六・二〇〇七］で「乱」の読み方そのものに再考の余地ありと考え、「挹乱」をクミサワク（万葉歌では「騒く」と清音）と読む新説を提唱しました。以下にそう考えるに至った根拠を述べましょう。

第一に、「乱」字をサワクに当てた例として、各注釈書がそろってサワクと読む「松浦舟《まつらぶね》さわく堀江の〈乱穿江之〉」（巻一二・三一七三）があります。これ以外に、「多頭羽乱」（巻三・三二四）は、従来「鶴《たづ》はみだれ」と読まれていますが、ここは「鶴はさわき」と読む佐佐木隆［一九七六］説が正しいと思います。理由は、タヅを含む鳥類全般に関しては、サワクの例のみが見られ、鳥類にミダルを用いた例が見出せないからです。なお今日、我々がサワグに常用する「騒」の漢字は『万葉集』に一例も使用されず、サワクを表記した漢字を調査すると、「驟・蹘・颯・動・乱・驟驂・散動」のように何種類もあって、それほど固定的ではありませんでした。

第二に、万葉歌で人に対してマガフを使用した例は皆無です。問題の「をとめらが汲みまがふ」

を仮に認めるならば、唯一の例外となります。一方、サワクを人に用いた例には、「御民《みたみ》・舎人《とねり》・子ども・み狩人《かりびと》・船人《ふなびと》」があるので、その例を次に示しましょう。

①…もののふの八十《やそ》宇治川《うぢかは》に…そを取るとさわく〈散和久〉御民《みたみ》も…　（巻一・五〇）

②…もののふの八十伴《やそとも》の男《を》を…五月蠅《さばへ》なすさわく〈驟驂〉舎人《とねり》は…　（巻三・四七八）

③…五月蠅《さばへ》なすさわく〈佐和久〉子どもを…　（巻五・八九七）

④あしひきの山にも野にもみ狩人《かりびと》さつ矢《や》手挟《たばさ》みさわき〈散動〉てあり見ゆ　（巻六・九二七）

⑤風早《かざはや》の三穂《みほ》の浦廻《うらみ》を漕ぐ舟の船人《ふなびと》さわく〈動〉波立つらしも　（巻七・一二二八）

これらの中で①②④⑤は、どれも人々が声を出し仕事をしている様子を眺める形でサワクと描写しています。カタカゴの歌も乙女らが水汲みの仕事を行う姿を家持が眺める構図ですから、それをサワクで表現するのは、きわめて自然でしょう。とりわけ、①②の歌にはカタカゴの歌と共通する「もののふの（枕詞）」「八十」「さわく」の語句が、同じ順番で読み込まれています。廣川晶輝［二〇〇三］が「たしかに、家持の作品には彼以前の歌人の歌に見られる表現が数多く用いられている。これはまぎれもない事実である」と記すのを踏まえて、飛躍を恐れずに言うならば、家持がカタカゴの歌を作る際にこれらを参考にしたかも知れません。なお、「もののふの八十」を「乙女」に続けるのは家持オリジナルの用法です。

以上から、「乱」字はサワクと読み得ること、サワクは人々が声を出して働く文脈で用いられること、の二点を考慮すれば、「掲乱」はクミマガフからクミサワクに改訓するのが穏当であるとの結論に達し、一首は「乙女たちが水を汲み騒いでいる寺井のほとりのカタカゴの花よ」と通釈されます。「汲み騒く」ならば、待ちこがれていた春の訪れを喜ぶ乙女らが、水を汲む生き生きとした動き（視覚）と、賑やかに喋る声（聴覚）の双方を過不足なく表現できるので、意味や用法的にもずれや矛盾がありません。従来の「汲みまがふ」に対する口語訳を確認すると、賑やかに騒ぐ意味を表す「さんざめき・さざめき」という訳語をわざわざ補って解釈している注釈書が目立ちます。

　続いて、カタカゴの歌の乙女らは実景か否かという問題について考えましょう。カタカゴの花の直前の四一四二番歌は、題詞に「柳黛《りうたい》を攀《よ》ぢて京師《みやこ》を思ひし歌一首」とあり、家持が都の平城京に思いを馳せ、「春の日に張《は》れる柳を取り持ちて見れば都の大路《おほち》し思ほゆ」と歌う望郷歌です。また、カタカゴの歌の直後の四一四四番歌にも望郷の念を表す「国偲《しの》ひつつ」の句が見られます。両歌に挟まれたカタカゴの歌は、北陸の厳しい冬を越えて待望の春を迎えた家持が、開花したカタカゴを一つ引き折って手に取り、淡紅色の可憐な花を眺めつつ、うつむいて群れ咲く（「傾いた籠《かご》」から命名されたという）カタカゴの花を、腰をかがめて水を汲む優美な乙女らに重ね合わせることで、都の赤裳《あかも》を纏《まと》った乙女らの艶《あで》やかな姿を想起する幻想の望郷歌に仕立てたのではないでしょうか。これは想像の域を出ませんが、カタカゴの歌を望郷歌と見なす考えは、これまでにもありました。

　それにしても、なぜこれまでクミマガフの読みに疑念を抱かずにきたのでしょうか。そもそも

「乱」字の読み方として、まず最初に思い浮かぶのはミダルです。しかし、この歌の場合は文法上、クミミダルルと読まねばならず六音の字余りになるばかりでなく、ミダルは髪や柳など糸状のものや心が乱れる際に使用されるので、用法の点からも不適切となり、実際にミダルで読むテキストは存在しません。次なる候補としてはマガフですが、その語義や用法は現代では直感的にわかりにくいものです。そのため、「乙女らが入り乱れて水を汲む」という従来の解釈に特に違和感を覚えなかったのでしょう。

このように、たとえ有名な歌の定訓と言えども、厳密な検証を経ずに受け継がれているケースがまだあるかも知れません。先入観にとらわれず、文脈を確かめつつ、それぞれの漢字がどの和語と対応しているのか、引き続き、考究を重ねていきたいと思います。

◉参考文献

吉岡　曠［二〇〇二］「「汲みまがふ」考」（『作者のいる風景　古典文学論』笠間書院）
間宮厚司［二〇〇六］「家持のクミマガフ改訓」（万葉学会第59回全国大会要項集）
間宮厚司［二〇〇七］「漢字と万葉語の関係」（法政大学国際日本学研究所編集『国際日本学――ことばとことばを超えるもの――』21世紀COE国際日本学叢書7）
佐佐木隆［一九七六］「『万葉集』訓読の再検討」（『国文学・解釈と鑑賞』四一巻一〇号）
廣川晶輝［二〇〇三］『万葉歌人　大伴家持――作品とその方法――』（北海道大学大学院文学研究科研究叢書2）

◉第2話

難訓歌「邑礼左変」に挑む

▼思はぬを思ふと言はば天地《あめつち》の神も知らさむ邑礼左変　（巻四・六五五）

『万葉集』には驚くべきことに読めない歌句があり、それは難訓歌と呼ばれます。信頼の置ける注釈書を複数ひもといても、その部分は「読み方不明」「解読不能」などと記されて、原文の漢字表記のままです。右の歌も難訓歌で、結句四文字「邑礼左変」の解読に、古来幾人もの万葉学者が挑戦しました。しかし、信用できる説はないということで、迷宮入りの状態にあります。ここでは筆者が、間宮厚司〔一九九三〕で提案した新訓を、以下に紹介することにしましょう。

説明の都合上、「邑礼左変」の下二文字「左変」の読み方から考えます。「左」字は音仮名サに使用した例が、『万葉集』に六〇〇例ほどあり、サと読むのが普通です。「変」字は平安末期の漢和辞書『類聚名義抄《るいじゅみょうぎしょう》』で調べると、カフの訓が見えるので、「左変」をサカフと読むことにします。サ

カフとは、「間に境界線を置いて、区画する」という意味を表す動詞で、万葉歌に「大君の境ひたまふと」（巻六・九五〇）という実例が見られます。また、サカフの名詞形サカヒも『万葉集』に例があり、動詞サカフと名詞サカヒの語の存在は確実なものです。

続いて、「邑礼左変」の上二文字「邑礼」の読み方を考えましょう。「邑」字は『万葉集』の歌に例が無く、題詞と左注で人名に使用された「邑婆《おほば》」と「邑知王《おほちのおほきみ》」のオホ（呉音に対応）があるのみです。そこで、紀元一〇〇年頃に成立した中国最古の字書『説文解字《せつもんかいじ》』を見ると、「邑、国也」とあり、さらに『類聚名義抄』で「邑」字を調べると、ムラやサトと並んで、クニの訓が見えます。そこから、「邑」字をクニと訓めば、先に検討した下二文字「左変」の動詞サカフとの組み合わせで、「クニ↓サカフ（邑《くに》↓左変《さかふ》）」の表現が成立します。これは「国（を）境ふ」という言い方が『風土記《ふどき》』などの文献から確かめられるのに加えて、「国の境」という連語の存在も見逃せません。こうした点から、「邑」字にはムラやサトの訓の可能性もありますが、サカフとの対応関係を考慮すれば、クニのほうを選択すべきでしょう。そもそも「境界線で囲まれた領域」がクニですから、クニが動詞サカフや名詞サカヒと結びつくのは、当然のこととして理解できます。

それでは最後に残った「礼」字の読み方です。考え方は二通りありますが、結果的にはどちらも係助詞コソで読むことになります。まず、「第一の考え方」から説明しましょう。

万葉歌には動詞の連用形に接続して、「…してくれ・…してほしい」と希望の意を表す（係助詞コソとは違う）終助詞コソがありました。例を示すと、「早く行きこそ〈欲〉」（巻一二・三一五四）、「夢に見えこそ〈乞〉」（巻四・六一五）、「妹に告げこそ〈社〉」（巻一〇・二一二九）がそれで、コソに当てられた「欲・乞・社」の三文字は、どれも「神仏などに祈り願う」という意味をもっています。そして、「欲・乞・社」のうち、さらに係助詞コソを書く場合にも使用されたのは「社」だけです。「欲・乞」の二字は希望の意味合いが強いため、係助詞コソには用いられなかったのでしょう。「社」の場合は希望の意味合いが弱かったので、希望と係助詞の両方のコソに当てられたものと推察されます。そこで、問題の「礼」字を『類聚名義抄』で見ると、イノルやヲガムの訓があり、かつまた、希望の意味合いは「社」字と同様に消極的です。よって、「礼」字を「社」字と同じく、係助詞コソで読むことは実例はないものの、理論的には十分に成り立つと考えられます。

では次に、「第二の考え方」について説明しましょう。「第二の考え方」は、『万葉集』には「社」字を係助詞コソに当てた例が数多くありますので、「社」→「礼」の誤写が生じたものと想定し、本文を「社」字に改めて、コソと読む考え方です。ちなみに、現代でも「大社《おおこそ》」「村社《むらこそ》」といった名字があり、参考になりましょう。問題の「礼」字を現存諸本で確かめてみますと、いずれも「礼」字で書写されており、「社」字で書かれた写本は見出せません。けれども「社」→「礼」の誤写は、その字形から見て十分考えられるでしょう。現に鎌倉末期の写本『紀州本』に見られる「邑礼左変」の「礼」字は、「社」字と類似しています（次頁①）。

また、平安中期の『元暦校本《げんりやくこうほん》』にも、似た両字形が見られます（②③）。
では、『万葉集』の古写本中に「社」→「礼」の誤写の例が実在するのかというと、平安末期の『類聚古集』に「心あれこそ〈意有社〉」（巻七・一三六六）のコソを最初に「礼」字で書いて、それを見せ消ち（写本で消した文字が読めるように消すやり方）にして、その右側に「社」字を新たに書き加えて、訂正した貴重な書写例があります（④）。「社」字を「礼」字に書き誤った実例が残っているのです。

書写は人間の手作業ですから、写し間違いを生じることもあり、『万葉集』の中には、明らかに誤字と認定された文字が他にも存在します。ですから、「礼」字はこのまま「第一の考え方」でも、「社」字の誤写と見なした「第二の考え方」でも、係助詞コソで読み得るとの結論に達しました。

さて、そうなると、「左変」表記は、その上にある「国こそ」の係助詞コソの係り結びの結びになりますので、已然形のサカヘで読むことになります。この「左《さ》＋変《かへ》」と同様の書式、すなわち、「借音仮名＋借訓仮名」で書かれた語には「なづみ〈奈《な》積《づみ》〉来《こ》し」（巻二・二一三）や「神《かむ》さぶる〈左《さ》振《ぶる》〉」（巻七・一一三〇）などの例がいくつもあり、決して特殊な表記ではありません。

①

礼
『紀州本』

②

社
『元暦校本』巻七・一二四四

③

礼
『元暦校本』巻四・五六〇

④

礼→社
『類聚古集』

『万葉集』では、「コソ…已然形」で言い切りになる語句の多くが、逆接確定条件句を構成するところから、「国こそ境へ」は「国こそ境をつけているけれども」の意になります。当時、国の境をつけるのは「大君（天皇）」でした。これまでの考察から、「思はぬを思ふと言はば天地の神も知らさむ国こそ境へ」の歌意は「私があなたのことを恋しく思っていないのに思っていると言ったならば天地の神々もお見通しで神罰が下るでしょう。国こそ境をつけて離れているけれども」となります。問題の歌は、「大伴宿禰駿河麻呂《おほとものすくねするがまろ》の歌三首」の第三首です。第一首は「心には忘れぬものをたまさかに見ぬ日さまねく月そ経《へ》にける」と、一月《ひとつき》も来なかったことをわびています。第二首は「相見ては月も経なくに恋ふと言はばをそろと我《あれ》を思ほさむかも」と、すぐに恋しいと言ったならせっかちと思われますよねという言い訳です。この流れから「国こそ境へ」と読めば、二人が会えない理由、つまり男が旅の途中なのか、離れていることが明確になり、弁明の歌として一貫します。

次に、「邑礼左変」の傍線部の漢字を選択した理由について考えましょう。『万葉集』でクニの表記は「国」字が最多です。しかし中には、「地」「那」「洲」「土」「本郷」の文字でクニを書いた例もあり、「邑」字だけが孤立した表記ではありません。「国こそ境へ」のクニの場合は、互いの生活の領域（一地方）としてのクニでしょうから、サトやムラの訓もある「邑」をあえて選択したものと考えられます。『万葉集』には、サトとほぼ同じ意味で用いたクニの例もあります。また、「生まれ故郷」のクニを「本郷」（巻一九・四一四四）と書いた例は明らかに表記者の工夫と言えるでしょう。「変」字については、サカフが「境をつける・分け隔てる」意ですから、「場所を変えて生活を別々にする」という内容を連想させる役割を担わせたのかも知れません。『万葉集』では珍しい「邑」や「変」の文字を選んだ理由についても、それなりの説明が与えられそうです。

考察の結果、難訓箇所「邑礼（または社）左変」は、「国こそ境へ」と訓じることができ、かつ歌全体の解釈も自然で無理のないものになります。ここでは、「礼」字のままで係助詞コソと読む「第一の考え方」と、「社→礼」の誤字を想定して同じ係助詞コソで読む「第二の考え方」を示しました。この二つは共に可能性のあるもので、どちらか一方に決定することは困難です。ただし、「礼」字をコソ（希望の終助詞や係助詞）に当てた例が『万葉集』に無いので、どちらかと言えば、誤字説のほうを若干支持したいと思います。誤字説が現れる背景には『万葉集』の原本が存在せず、平安以降の転写本しか残っていない事情があります。もしかすると、元の文字が変わってしまったがゆえに、「邑礼左変」が難訓箇所になった可能性もあるでしょう。勿論、誤字説は行き詰まりを打開するための窮余の策であることは重々承知しています。しかし逆の見方をすれば、一字の誤字があったからこそ、これまでどうしても定訓を得ることができなかったのではないでしょうか。

◉参考文献

間宮厚司［一九九三］「『万葉集』の「邑礼左変」の訓みと解釈」（『国文学・解釈と鑑賞』五八巻一号）

◉第2話補遺

類歌「思はぬを思ふと言はば」

Ⓐ思はぬを思ふと言はば天地《あめつち》の神も知らさむ国こそ境へ　（巻四・六五五）

Ⓑ思はぬを思ふと言はば大野《おほの》なる三笠《みかさ》の杜《もり》の神し知らさむ　（巻四・五六一）

Ⓒ思はぬを思ふと言はば真鳥《まとり》住む雲梯《うなで》の杜の神し知らさむ　（巻一二・三一〇〇）

Ⓐの難訓歌については、第2話で論じ、「邑礼左変」を「国こそ境へ」と読む説を提唱しましたが、佐佐木隆〔二〇〇九〕では、「「邑礼左変」は「国こそ境へ」と訓ずべきものだということの説は、さまざまな点から見てきわめて妥当なものである。誤字説や恣意によって作り出された試訓を信ぜず、「邑礼左変」という表記を正面から見直すことによって、奇策を弄せずして正鵠を射たものと評価できる。長い間にわたって難訓とされ、研究者を悩ませてきた例が、この説によって一つ減少することになったのである」（三七四頁）と、（同門の兄弟子が）評してくださいました。

さて、Ⓐには右に示したⒷとⒸの類歌（表現や発想が似ている歌）が二首あります。ここでは、類歌の関係にあるⒷとⒸをⒶと比較してみたいと思います。以下の内容は、間宮厚司［二〇〇一］の第七章「六五五番歌の訓解」（二二四〜二二六頁）で論じたものです。ⒷとⒸは、「大野なる三笠の社の神」や「真鳥住む雲梯の社の神」のように、それぞれ神の所在を特定しています。ところがⒶでは「天地の神も」と歌うのです。なぜここに「天地の神」をわざわざ登場させる必要があったのでしょうか。「天地の神」とは「天神《てんじん》地祇《ちぎ》（あらゆる神々）」の意で『万葉集』に約二〇例ありますが、それは国などの所属を定めない、いわゆる広範囲な「八百万《やおよろず》の神々（多数神）」を指しています。そのことは、「天地《あめつち》の大御神《おほみかみ》たち」（巻五・八九四）とか、「天地のいづれの神を祈らばか」（巻二〇・四三九二）のように「天地の神」に「たち」や「いづれ」といった複数を表す語のついた例があるところから察することができます。「天地の神」は、たとえ国の境界があろうとも、それを超越することのできる神々なのです。その証拠として遠く旅に出て会えない状況下や、地域神のみでは安心できず、十分に満足できない時などに「天地の神」は歌われています。例を二首あげましょう。

天地の神も助けよ草枕《くさまくら》旅行く君が家に至るまで　（巻四・五四九）

→天地の神もお守りください。旅路を行くあなたが無事に家に帰り着くまで。

天地の神に幣《ぬさ》置き斎《いは》ひつついませ我が背《わせ》な我《あれ》をし思《も》はば　（巻二〇・四四二六）

→天地の神に幣を捧げ、お祈りして行ってくださいあなた。私を思ってくださるなら。

Ⓐの歌の場合、「国こそ境へ」の句から、作者大伴宿禰駿河麻呂《おおとものすくねするがまろ》が女性と国を別々にしている状況は明白です。そのため、類歌ⒷⒸのように具体的にどこそこの国の社の神であると特定して歌うことは、しにくかったと思われます。だからこそ、所属を越えた「天地の神」をここに登場させたのでしょう。類歌ⒷⒸの「神し」がⒶで「神も」と微妙に異なっている理由も、「天地の神」以外の所属の定まった地域神を言外に暗示するための「も」であったと考えれば、納得がいきます。

ところで、これは憶測に過ぎませんが、「国こそ境へ」の句は、類歌の関係にあるⒸ（巻一二・三一〇〇）の直前にある次の一首に、ひょっとするとヒントを得て作られたのかも知れません。

Ⓓ紫草《むらさき》を草と別《わ》く別く伏す鹿の野は異《こと》にして心は同じそ　（巻一二・三〇九九）

これは、鹿に寄せる恋の歌で、「（鹿のように）住む所は互いに別々で離れていても互いに心は相通じて心持ちは同じです」という趣旨です。Ⓓの「野は異にして」とⒶの「国こそ境へ」の両句は、共に「生活の場所は離れ離れで（支配する神も異なりますが、相手を思う心は同じで一緒です）」という作者の置かれている状況を歌っており、ⒶとⒹの歌には通底するものがあります。

◉参考文献

佐佐木隆［二〇〇九］『上代の韻文と散文』（おうふう）
間宮厚司［二〇〇一］『万葉難訓歌の研究』（法政大学出版局）

◉第3話導入

新聞に取り上げられた万葉歌

二〇〇五年一二月四日の「毎日新聞」の「ウィークリー文化　批評と表現」で、万葉歌に関する記事が取り上げられました。次の第3話で検討を加える歌ということもあり、短い文章ですので、話の前提・導入として、ここで紹介（以下に引用）しておきたいと思います。

人麿の名歌をどう読む？　悩ましい「乱友」諸説紛々

小竹《ささ》の葉はみ山もさやにさやげどもわれは妹思ふ別れ来ぬれば　柿本人麿

万葉集の有名なこの歌は、「さやげども」の読み方が難しいことでも知られる。原文の万葉がなでは「乱友」と書く。ほかに「みだるとも」「さわけども」などの読みがあるが、意味も語感も相当に違うので、人麿ファンには悩ましい。

このほど完結した『新日本古典文学大系』（岩波書店）では「さやげども」。だが、『日本古典文学大系』（同）では「みだるとも」だった。

このほか近年の著作では、間宮厚司『万葉集の歌を推理する』（文春新書）は「さわ（騒）けども」。中西進『傍注 万葉秀歌選』（四季社）が「さやげども」。古く斎藤茂吉『万葉秀歌』（岩波新書）は「みだれども」と力説。

歌の意味は、風にそよぐ笹をさわやかな美景とみるか、不吉で不気味な光景と見るかで一変する。「妻のことを思って美しい景色も楽しめない」か、「不吉な光景にもめげず妻を一心に思う」か。

さて、私は「さやげども」と読み、意味は後者であることを支持する。論理でいうのではなく、そう願うのである。「さやぐ」が捨てがたいからだ。「さやぐ」は古事記にも出てくる。天孫降臨の前、高天原から日本の国土を見た形容がこの「さやぐ」。荒ぶる神が蟠踞《ばんきょ》する未開野蛮の地だったのである（西郷信綱『古事記の世界』岩波新書）。この古代の人々が「さやぐ」に抱いていたただならぬイメージを、どうしても人麿の歌にも重ねたい。第一、さわやかな景色に「乱」の字を当てるのは理解しにくい。

西郷氏の編著には「みだれども」などとするものもあるが、刊行中の『古事記注釈』（ちくま学芸文庫）には「さやげども」とあり、ほっとした。

【伊藤和史】

また、萬葉学会の機関誌『萬葉』（第二〇六号、二〇一〇年三月）には、全国大会における公開講演会の「報告」として、坂本信幸「笹の葉はみ山もさやに——「乱友」考」について、次のように記しています。

坂本信幸氏は人麻呂の石見相聞歌の反歌一三三番の「乱友」の訓詁について論じられた。著名な歌の訓みが現在に至るまで定まっていないことを意外に感じ、関心を深めた来聴者も多かったろうと思う。今回、一般の来聴者が非常に多かったのは特筆すべきである。

このように、歌聖とも称される柿本人麻呂の『万葉集』一三三番歌の読み方と解釈に関しては、すでに先学によって多くの見解が提出されており、専門家のみならず一般の方々の関心も高いようです。筆者の指導教授の大野晋も、「柿本人麿訓詁断片（四）」（『国語と国文学』二六巻一〇号、一九四九年一〇月）という論文を約六〇年前に発表し、そこでは（サヤニサヤグは「山もざわめくばかりにざわめく」という重複表現になるために意味をなさないと否定して）ミダルトモと読むべきであると結論づけています。しかし、筆者には、これまでの答案に必ずしも満足できない部分がありましたので、従来の研究を踏まえ、自身の答案を書き記すことになりました。

◉第3話

人麻呂の屈指の名歌「乱友」再考

▼笹《ささ》の葉はみ山もさやに乱友我《われ》は妹思《いもおも》ふ別れ来ぬれば　（巻二・一三三）

和歌文学史上燦然《さんぜん》と輝く万葉歌人、柿本人麻呂《かきのもとのひとまろ》。右の一三三番歌は、『万葉集』中、屈指の名歌とされながらも、第三句の訓義が定まらないために議論が絶えません。それは「乱」にはミダル・サヤグ・サワク・マガフの訓が、そして「友」にはトモ・ドモの訓が考えられるからです。

最初に、「乱友」の「友」字の読み方について検討しましょう。問題の「笹の葉はみ山もさやに乱友我は妹思ふ別れ来ぬれば」は、第三句にトモかドモがあって、第五句を〈已然形＋バ〉で終結する文構造です。これと同じ文構造で、読み方の確実な例は『万葉集』に次の三首があります。

①世の中を憂《う》しとやさしと思へども飛び立ちかねつ鳥にしあらねば　（巻五・八九三）

②秋の野をにほはす萩《はぎ》は咲けれども見る験《しるし》なし旅にしあれば　（巻一五・三六七七）

③旅衣《たびころも》八重《やへ》着重《きかさ》ねて寝《い》ぬれどもなほ肌寒《はださむ》し妹《いも》にしあらねば　（巻二〇・四三五一）

これら三首の第四句と第五句は倒置表現になっており、①の「飛び立ちかねつ鳥にしあらねば」は、「鳥にしあらねば飛び立ちかねつ」が順直な表現です。そこで今度は、〈已然形＋バ〉が第四句に来ている歌で、読み方に問題のない確かな例を探すと、次の二首があります。

④常磐《ときは》なすかくしもがもと思へども世の事《こと》なれば留《とど》みかねつも　（巻五・八〇五）

⑤あしひきの山き隔《へな》りて遠けども心し行けば夢《いめ》に見えけり　（巻一七・三九八一）

そうすると①〜⑤まで、第三句の接続助詞は、全例ドモです。一方、トモが来た確例には、

⑥秋萩《あきはぎ》ににほへる我《わ》が裳《も》濡《ぬ》れぬとも君がみ船の綱《つな》し取りてば　（巻一五・三六五六）

の一首があり、⑥の場合は、〈完了の助動詞ツの未然形テ＋バ〉が応じています。以上の実例から、

- ドモとあって、その下に〈未然形＋バ〉の来た例は無い。
- トモとあって、その下に〈已然形＋バ〉の来た例は無い。

という事実が判明します。問題の歌の第五句は「別来礼婆」表記ですから、〈已然形＋バ〉は動きません。よって、構文面から「友」字はドモで読まれた蓋然性が高い、と結論づけられます。また、万葉歌において、文中にトモ・ドモが現れる場合、文末はどのような表現になるかを整理すれば、

- トモに呼応するのは、ム・ジ・ベシ・ナ（禁止）・ナ（勧誘）など、将来のことを表現する語。
- ドモに呼応するのは、ラム・ケム・ケリ・ツなど、現在や過去のことを表現する語。

となります。要するに、この現象は逆接仮定条件のトモは未定の事態を表す語と、逆接確定条件のドモは既定の事態を表す語と呼応する、いわば時制の一致とでも言うべき呼応関係でしょう。

問題の歌は文末が「妹思ふ」です。山口佳紀〔一九八八〕は「現代語であると〈基本形〉で未来を表すことが多いが、万葉集にはそうした例が見当たらない」と報告しています。〈基本形〉とは、動詞に助動詞の付かない形のことで、「思ふ」は〈基本形〉です。「妹思ふ」が現在のことを表現していると解釈される以上、「友」字は逆接確定条件のドモのほうで読まざるを得ません。

この承接関係から「乱友」の読み方はマガヘドモ・サヤゲドモ・サワケドモの三訓に絞られます。なお、ミダレドモの訓は以下の理由から成立しません。ミダル（乱）には四段活用と下二段活用があります。四段のミダルは他動詞で「…を乱す」意を、下二段のミダルは自動詞で「…が乱れる」意を表すことが、文献から確認できます。問題の歌をミダレドモと読むと、それは四段他動詞になり、「笹の葉はみ山もさやに乱しているけれども」の意味になるので、文脈上意味をなしません。また、下二段自動詞のほうで読もうとすると、ミダルレドモと六音の字余りになるばかりでなく、ミダルは髪や柳など糸状のものや心が乱れる際に使用されるので、ミダルの対象が笹の葉である点からも不適合になります。次いでマガヘドモですが、第1話でも述べたとおり、マガフは専ら花や葉などの散る動きを伴った場合に使われており、今の場合にふさわしくありません。

次にサヤゲドモを検討します。一番の強みは「笹が葉のさやぐ〈佐左賀波乃佐也久〉」（巻二〇・

四四三二）という主語述語関係の確例がある点で、サヤゲドモは現在最有力視されている採用率の高い読み方です。しかし、これは実は諸刃の剣で、軽視できない難点が二つあります。

第一に、サヤゲドモと読むと前句からの続きがサヤニサヤグとなりますが、こうした（例えば「トドロニトドロク」などのような）重複表現は、他に類例がありません。『新古今和歌集』に、

⑦笹の葉はみ山もさやにうちそよぎ凍《こほ》れる霜を吹く嵐かな　（新古今・六一五）

⑧君来ずはひとりや寝なむ笹の葉のみ山もそよにさやぐ霜夜を　（新古今・六一六）

があります。⑦のソヨグはサヤグの母音交替形（sayagu → soyogu）で、「風に揺れてそよそよと音をたてる」意を表します。⑦の例がサヤニウチサヤグではなく、サヤニウチソヨグになっているのは完全な重複表現を回避するために母音交替形を用いて意図的にずらしたものでしょう。そのことは⑧を見れば明白です。こちらはソヨニサヤグであり、⑦のサヤニウチソヨグと比較して、修飾語と被修飾語の関係が真逆になっています。現代語の感覚で語調がよいと感じられるサヤニサヤグに、なぜなっていないのでしょうか。⑦と⑧を見て、その理由を改めてよく考えるべきでしょう。

第二に、「さやさやと音がする」意を表す聴覚を主とする動詞サヤグに「乱」字を用いるというのは、腑に落ちません。それに加えて、『万葉集』におけるサヤグの表記のされ方を見ると、

⑨葦辺在《あしへなる》　荻之葉《をぎのは》左夜芸《さやぎ》　秋風之《あきかぜの》　吹来苗丹《ふきくるなへに》　雁鳴渡《かりなきわたる》　（巻一〇・二一三四）

のように、わざわざ「左夜芸」と（漢字の意味とは無関係に音を利用する）音仮名を用いて表記して

いる背景には、動詞サヤグが（漢字本来の意味に対応した訓を利用する）正訓字で表記し難い事情があったからだと推察されます。それは⑨の「吹来」や「鳴渡」といった動詞が、訓字で表記されているのに対して、サヤギだけが前後が訓字表記になっているにもかかわらず、仮名表記されていることからわかります。したがって、「乱」の一字でサヤグを表記したとは非常に考えにくいのです。以上、サヤゲドモ説には表現（例の無い重複表現）と表記（サヤグは訓字表記しにくかった）の二点から、決して看過できない難点のあることが明らかになりました。

最後に、サワケドモ説ですが、今日、我々はサワグに「騒」の漢字を常用しています。しかし、『万葉集』ではサワク（奈良時代には「騒く」と清音）を「驟・蹝・颯・動・乱」などの各文字で表記しており、「乱」字を当てた例も存在しますので、「乱」字をサワクと読むことは可能です。この点については第1話でも論じました。サワクは「音響」と「動作」を表現できますので、問題の「乱友」をサワケドモと読めば、多数の笹の葉が擦れ合って出す「音」と葉が風に吹かれて入り乱れる「形」の双方を過不足なく描写できましょう。また、多数の笹の葉が風に吹かれて山一面にざわめく風景は、「風吹けば白波騒き」（巻六・九一七）などの自然現象と通底するものです。

笹の葉の歌の「み山もさやに〈三山毛清尓〉」は、「山もざわめくほどに」の意味になります。ただ、ここに「清」字を用いた理由は、山もざわめく状態が「さわやかで、すがすがしい」風景であることを伝えたかったからでしょう。『万葉集』の歌にはプラスイメージ（快）のサワクの例があります。そして、笹の葉の歌は、次の一首（先に示した②）と構造や発想が同じです。

秋の野をにほはす萩《はぎ》は咲けれども見る験《しるし》なし旅にしあれば　（巻一五・三六七七）

↓秋の野を彩る萩は咲いているけれども、見る甲斐もない。妻のいない旅なので。

よって、問題の歌の解釈は、「笹の葉は山もざわめくほど爽快に騒いでいる（美景だ）けれども、愛する妻と別れて来たのでそれを全然楽しめず妻を思ってつらい」となります。サワケドモの読みを最初に唱えたのは賀茂真淵《かものまぶち》『万葉考』ですが、現在、支持されていません。支持されない最大の理由は、葉に対してサワクと表現した例が上代の文献に見出せないからです。しかし、『古事記』の歌謡に見られるサワサワは大根の葉ずれの音を表したものですし、時代はくだるものの、『夫木《ふぼく》和歌抄《わかしょう》』（一三一〇年頃成立）には「楢の葉さわぐ」が見られ、「葉↓サワク」は決して不自然な表現ではなく、意味的不整合もないはずです。筆者は、語法・表記・意味の点から検討した結果、「乱友」はサワケドモで読むのが最も難点が少ないと、間宮厚司［一九八八］で結論づけました。

◉参考文献

山口佳紀［一九八八］「万葉集における時制《テンス》と文の構造」（『国文学・解釈と教材の研究』三三巻一号）

間宮厚司［一九八八］「「小竹の葉はみ山もさやに乱友」（万葉集一三三番）の訓解について」（『鶴見大学紀要・国語国文学篇』二五号）

◉第4話 類歌「宿り悲しみ」と「廬り悲しみ」

Ⓐ高島の安曇《あど》川波《かはなみ》は騒けども〈驟鞆〉我は家思ふ宿《やど》り悲しみ（巻九・一六九〇）

Ⓑ高島の安曇白波《しらなみ》は騒けども〈動友〉我は家思ふ廬《いほ》り悲しみ（巻七・一二三八）

『万葉集』には類歌と呼ばれる表現の類似した歌が数多く見られます。盗作問題などというのは、当時なかったのでしょう。例えば、右のⒶとⒷの違いは、わずかに「川波…宿り」と「白波…廬り」の二箇所です。ところで、「川波」は「宿り」、「白波」は「廬り」に、それぞれ対応しているのは、なぜでしょうか。これまで指摘されていませんが、何か理由があるはずです。微妙に異なる歌詞を突き合わせ、比較することで、味わい深い解釈が可能になるかも知れません。

まず、Ⓐの歌から考えますが、ドモの上と下のつなぎ方次第で、一首の解釈は揺れ動きます。

㋐高島の安曇川波は騒いでいるけれども、私は（心地よい波の騒ぎを楽しめず）家を思う。旅の宿りが悲しいので。

㋑…安曇川波は騒いでいるけれども、私は（不安にさせる波の騒ぎに心を向けず）家を思う。…

㋒…安曇川波は騒いでいるけれども、私は（心も騒がず）家を思う。…

㋓…安曇川波は騒いでいる（乱雑〈動〉）けれども、私は家を思う（寂寥《せきりょう》〈静〉）。…

結局、「波は騒ぐ」と「家を思う」を逆接ドモで自然に理解できるのはどれか、という問題です。

ところで、万葉人にとって「波↓騒く」は、プラス（快）で受け取られる場合（次に示す①）と、それとは逆にマイナス（不快）で受け取られる場合（次に示す②）がありました。
①…浜清く白波騒き…今日のみに飽き足《だ》らめやも…（巻一九・四一八七）
②粟島《あはしま》に漕ぎ渡らむと思へども明石の門波《となみ》いまだ騒けり（巻七・一二〇七）
どちらも「波↓騒く」を含む歌ですが、作者の騒ぐ波を受け止める気持ちは全然違います。①は、「白波が立ち騒ぐ美景を見たが、今日だけでは満足できない」というプラスイメージなのに対して、②のほうは、「船で漕ぎ渡ろうと思うのに、波が一向に静まらない」というマイナスイメージです。

こうした例から「波↓騒く」は文脈により、プラスにもマイナスにもなり得ることが知られます。

そこで、万葉歌における「波↓騒く」の全用例を確認してみますと、プラスとマイナス、それぞれ半々です。よって、そのいずれなのかは、前後の文脈から個別に判断するしかありません。

問題の類歌は、サワクをプラスで解すれば、「波は騒いでいる（大層美しい風景だ）けれども、（家人と一緒でないから楽しめず）私は家を思う」に、マイナスのほうで解釈すれば、「波は騒いでいる（船旅には悪条件だ）けれども、（家人と一緒でないから荒波の騒ぎに気持ちが向かず）私は家を思う」になります。では、Ⓐと Ⓑの場合、どちらが妥当なのか、考えてみましょう。

『万葉集』には、ざわめく対象の側に気持ちが引き寄せられて、その中に沈み込む歌があります。

③玉衣《たまぎぬ》のさゐさゐしづみ家の妹《いも》に物言はず来《き》にて思ひかねつも　（巻四・五〇三）

④あり衣《きぬ》のさゑさゑしづみ家の妹に物言はず来《き》にて思ひ苦《ぐる》しも　（巻一四・三四八一）

右の二首は類歌の関係にありますが、「さゐ」も「さゑ」も「騒く」の「さわ」と関連する語で、語根は共通の［saw］です。③④共に「旅立ち前のざわめきの中に沈み埋もれる」という意味で、解釈できます。なぜなら、「私が防人に出発する際の騒ぎに沈み埋もれて、家の妻（妹）がすべき仕事を言わずに来てしまったなぁ」と歌う、次の一首が、その傍証例になるからです。

⑤防人《さきむり》に発《た》たむ騒きに家の妹《いむ》が業《な》るべきことを言はず来《き》ぬかも　（巻二〇・四三六四）

⑤の歌は、出発直前のごった返している騒ぎの最中だからこそ、「言はず来《き》ぬかも」となったに違いありません。このように、通常、人は騒ぎのほうに心を奪われます。類歌Ⓐと Ⓑの「騒けども我は家思ふ」は、どちらの歌も家にいる妻のことを思わずにはいられない、旅路の悲しみに満ちた精神状態にありますから、波の騒ぎが作者にとってプラス（快）であれ、マイナス（不快）であれ、いずれの場合であっても、波の騒ぎのほうには気持ちが向かない、と解されます。

さて、Ⓐの歌は「高島にして作りし歌二首」の一首目ですが、その二首目を次に示しましょう。

⑥旅なれば夜中にわきて照る月の高島山《たかしまやま》に隠《かく》らく惜しも
（巻九・一六九一）

歌意は、「旅をしていると夜中にとりわけ照っている月が高島山に隠れるのは惜しいなぁ」で、月が山に隠れるのは夜の旅路にとって好ましくないので、⑥がマイナスの情景を詠んでいることは明らかです。第二首の⑥を踏まえれば、第一首のⒶも、旅をするのに困難な情景を詠んだと考えるべきでしょう。そうすると、二首はマイナスの自然現象を読み込む点で、一貫することになります。

波が凪《な》いでいるのか、時化《しけ》ているのかは、手漕ぎで渡る古代の船旅にとって、最大の関心事です。

⑦海つ路《うみぢ》の和《な》ぎなむ時も渡らなむかく立つ波に船出すべしや
（巻九・一七八一）

⑧秋風に川波立ちぬしましくは八十《やそ》の船津《ふなつ》にみ船留《とど》めよ
（巻一〇・二〇四六）

⑦や⑧の歌を見れば、荒波の時に、船出は普通しないことが知られましょう。

以上から、言葉を補いつつⒶの歌を通釈すると、「高島の安曇川波が騒ぎ、船旅に適さないので、普通ならばいつ静まるのかと不安で、当然そちらに気持ちが向くはずだけれども、妻と離れ離れの旅の宿りのあまりの悲しさに、これから始まる船旅の安全を思うよりも、どうしても家にいる妻のことを思ってしまう」となります。そうすると、この歌は旅の帰路の時ではなく、往路の時のものでしょう。もし帰路の時だとすると、「波が騒いでいるので、なかなか帰れずにますます家の妻を思ってしまう」と順接で解釈できてしまうため、逆接の「騒けども」では不自然な歌となります。

したがって、往路の時と考えれば、「波が騒いでいるのに、これから始まる船旅の安全云々よりも家の妻を思ってしまう」のように、逆接表現で素直に解釈できることになります。

続いて、Ⓑの歌を考えましょう。Ⓑの「波は騒け」は、Ⓐとは異なり、プラスイメージの光景と推察されます。そう考える根拠は、三つあります。Ⓑと同じ『万葉集』巻七に見られる「白波」が全例賞美される対象として歌われていること、高島の安曇川が名所との記録が江戸時代に見られること、Ⓑの前後にある歌が共に穏やかで爽やかな風景を歌っていること、の三点です。したがって、Ⓑの歌の解釈は、「高島の安曇白波は騒いでいる（大層美しい風景だ）けれども、（家人と一緒でないから楽しむことができず）私は家を思う。旅の廬りが悲しいので」となります。

また、サワクの表記に注目しますと、Ⓐの「驟」字には「テンポが急なさま」の意があり、万葉歌の他の例は「蛙の鳴き声・波の音」など、聴覚を主としたサワクのみです。Ⓑの「動」字からは、波の騒がしさを耳で聞くよりも白波の動く景観を眺めているほうに比重がありそうです。加えて、Ⓐの「宿」は密閉されているために、中から外の音は聞こえるが、風景は見えません。Ⓑの「廬」は草木や竹を編んで造った粗末な仮小屋ですから、外の音も聞こえ、すき間から景色も見えます。

この表現の差を考慮すれば、Ⓐ「川波の騒ぐ音を（悪天なので）風雨をしのげるしっかりとした宿りで聞いている」に対し、Ⓑ「白波の騒ぐ美景を（好天なので）すき間から見える粗末な造りの廬りで見聞きする」という歌詞の違いを反映させた解釈が可能となり、情景が目に浮かびます。

歌の真の心を求めて一歩踏み出すと、いくつかの選択肢にぶつかることが、少なくありません。その都度決断をして前に進みますが、資料的な制約から判断するための確証がなかなか思うように得られない場合がほとんどです。ですから人によって一首全体の解釈が、最終的に違ってくるのも別に不思議なことではありません。今回ここで取り上げた「高島の…」の類歌二首は、そのことをよく考えさせてくれる好例だと言えましょう。「高島の…」で歌い出されるⒶとⒷの二首は類歌の関係にありますが、表現の相違する箇所があるのですから、一首の意味内容（天候の良し悪し）が異なっても一向に差し支えないと考えられます。いや、むしろ違うからこそ、類似した歌の存在意義があったと、逆説的に言い得るのではないでしょうか。

ここでは類歌同士の違いを子細に観察することで、これまで漠然と見過ごされてきた歌の真相に迫ることができたと思います。類歌の表現上の差異は決して小さなものではなく、それらを丁寧に見比べることで一首は相対化され、歌の理解度は想像以上に、より一層深まるものと信じます。

以上は、筆者の見解で、間宮厚司［二〇〇〇］で論じた内容をまとめたものです。

◉参考文献

間宮厚司［二〇〇〇］「「高島の安曇川波は騒けども」の解釈をめぐって」（橋本達雄編『柿本人麻呂《全》』笠間書院）

●第5話
類歌「忘れかねつる」と「忘らえぬかも」

Ⓐ葦辺《あしへ》より満ち来る潮のいや増しに思へか君が忘れかねつる
（巻四・六一七）

Ⓑ湊廻《みなとみ》に満ち来る潮のいや増しに恋は余れど忘らえぬかも
（巻一二・三一五九）

右のⒶとⒷの二首を見ますと、二句三句の「満ち来る潮のいや増しに」がまったく同じで、どちらも恋心の増してゆく比喩のよく似た歌です。今回も第4話同様、類歌同士を比較することで、表現の微妙な違いを軽視することなく、精確に読み取る解釈を目指したいと思います。

まずⒶの歌意ですが、「葦の生えた岸辺から満ちて来る潮のようにますます恋しく思うからか、あなたのことが忘れられない」で、これといった問題もなく、素直に理解できます。

一方、Ⓑは、「恋は余れど」と逆接表現ですから、「湊近くに満ちて来る潮のように恋の思いはますます満ちあふれているのに、忘れられないなぁ」と現代語訳されます。この点に関して、新編日

本古典文学全集『万葉集』（小学館）は、「恋は余れど―思いは胸中に満ち溢れるばかりだが。このドには逆接性が少ない。「恋は増されど忘らえなくに」（二五九七）のそれも同じ」と、頭注で解説し、Ⓑの類歌二五九七番歌（次に示すⒸ）にも同じ問題があることを指摘しています。

Ⓒいかにして忘るるものそ我妹子《わぎもこ》に恋は増されど忘らえなくに　（巻一一・二五九七）

つまり、ドは逆接の確定条件句を構成する助詞なのに、ⒷとⒸの場合には「逆接性が少ない」という見方があり、疑問視されているのです。結局、「恋しくなるので忘れられない」ならば自然な表現で納得できるが、「恋しくなるのに忘れられない」は不自然な表現で腑に落ちないというものです。この点について、佐佐木隆［二〇〇〇］は、これまでの注釈書が見落としていた逆接表現のメカニズムの核心にふれる見解を示しました。それは作者の心理面を考えに入れ、Ⓒの「我妹子に恋は増されど忘らえなくに」を「我妹子に対する恋はつのるのに、（忘れる術がなくて）忘れられないことだ」と解釈すれば、不自然でないという見解です。確かに、作者の「忘れたい気持ち」とそれに反した「忘れられない気持ち」が内面で対立していることを考慮するならば、歌意は「忘れたいのに、忘れられない」と逆接で素直に理解できます。この場合は、逆接「のに」を順接「ので」に置き換えて、「忘れたいので、忘れられない」ではかえって不自然でしょう。こういう視点は、従来なかったもので、順接表現と逆接表現が反転するその本質を鋭く衝いた卓見と言えます。

ところで恋は、現代人にとっては楽しいもので、恋することを望み、恋に憧れる傾向が一般的に強いと思われます。しかし、万葉人はコヒを「孤悲」と書くところからも知られるように、古く恋とは会えない相手への切ない情動で、離れた相手に心ひかれる、その思いは会うことによってしか満たされないものでした。事実、『万葉集』には恋に苦しむ多数の歌が見られます。

Ⓒの前にある二首を見ますと、そこにも「恋」や「恋ふ」の語が詠み込まれて、「夢にだけでもなぜ見えないのか」や「慰められる心もなく」と苦悶する気持ちを歌っています。続くⒸも初句と第二句の「どうやって忘れられるのか」から、つらい恋の思いを消したがっていることは明白です。Ⓒを含む三首は、かなわぬ恋を歌う点で、一貫した流れになっています。恋する気持ちは現代人には多くプラスの方向に働く傾向がありますが、万葉人にとっては、それがマイナスに受け取られ、恋の苦しみから何とか脱却したいと意識されて作られた万葉歌がほとんどです。

有坂秀世［一九五七］は、四段活用他動詞（忘ラ・忘リ・忘ル・忘ル・忘レ・忘レ）が「意識的に忘れる」意を表すのに対して、下二段活用自動詞（忘レ・忘レ・忘ル・忘ルル・忘ルレ・忘レヨ）は「自然に忘れる」意を表すことを明らかにしました。この説を踏まえて、Ⓒ「いかにして忘るる（下二段連体形）ものそ我妹子に恋は増されど忘ら（四段未然形）えなくに」を通釈してみますと、「どうしたら（自然に）忘れられるものなのか。愛する妹への恋の思いはつのる（ばかりで困っている）のに、（意識的に忘れようとしても恋する苦しさは）忘れられないなぁ」となります。このように訳した場合、傍線を引いた逆接の「のに」を順接の「ので」に置き換えることはできません。加えて、結句「忘らえなくに」の原文表記は「所忘莫苦二」ですが、この「苦」字は恋の苦しさを表したもので、どうしても恋する相手を忘れられぬつらい思いを文字に託した表記でしょう。こうした視点を持てば、先に紹介した佐佐木説の要点であった「つらい恋情をどうにかして解消したいという希求」を初句と二句の「いかにして忘るるものそ」からだけでなく、結句の「忘らえなくに（意識的に忘れようと努めても恋する苦しさは忘れられないなぁ）」からも自然に引き出せ、より安定した解釈が得られます。そう考えなければ、Ⓒは逆接表現で理解できませんし、妙味ある続き方にもなりません。なお、順接表現のⒶには「恋」の語がなく、ⒷⒸほど深刻でないのでしょう。

Ⓑの類歌Ⓒから考察することになり、順序が逆になりましたが、次にⒷの「湊廻に満ち来る潮のいや増しに恋は余れど忘らえぬかも」を考えましょう。Ⓑの「恋は余れど」の原文は「恋者雖剰」ですが、新旧の日本古典文学大系『万葉集』（岩波書店）は共に「恋は増されど」と読んでいます。しかし、アマルは処置に困る文脈で多く用いられる語で、「恋ひ余り（恋する思いが抑えきれず余って外に現れ出て困ってしまう）」（巻一七・三九三五）という複合動詞の例が存することを根拠に「恋は余れど」と読むべきです。そうすると、「恋する思いが抑えられず人に知られたり、恋に死ぬほど苦悶して大変困った状況にあるのに」という微妙なニュアンスを添えることが可能となり、結句「忘らえぬかも」に滑らかに続きます。Ⓑの歌には、Ⓒの「いかにして忘るるものそ」に相当する表現がありませんが、「恋者雖剰」をコヒハアマレドと読むことによって、アマルの語義から恋を

否定的に受け止める作者の心情を積極的に打ち出せます。参考までに平安時代末期の漢和辞書『類聚名義抄』で調べますと、「剰」字にアマルの訓は見られますが、マサルの訓は見出せません。

ここで訂正すべきことがあります。これまでの注釈書は、Ⓑ「恋は余れど」とⒸ「恋は増されど」のコヒを名詞と見なしてきました（名詞なら「恋」、動詞なら「恋ひ」と書くことになります）。しかし、これらは複合動詞の「恋ひ余る」や「恋ひ増さる」の間に助詞ハが割って入ったものです。それは諸注が複合動詞と認める先の「恋ひ余り」や、主格「われ」が「恋ひまさり」を述語とする「われ恋ひまさる」（玉葉・一七三〇）などの諸例から明らかです。もっとも、現代語の感覚では「恋は余る」や「恋は増さる」のほうが理解しやすいので、誤解され続けたのでしょう。この助詞ハの役割ですが、ⒷやⒸの歌で、「恋ひは」の助詞ハは、ちょっと待ったという感じをもたらして、強調してひっくり返す働きがあります。現代語なら「注意を聞きはするけれども直らない」のように、ハはド・ドモ・トモと一体となって、確定であれ仮定であれ、逆接の表現を作り上げるのです。これは万葉歌に例がいくつもあります。すなわち、コヒアマル・コヒマサルは複合動詞で、そこに助詞ハが介入して、Ⓑ「恋ひは余れど」やⒸ「恋ひは増されど」という逆接表現は成立しました。

最後に、ⒶⒷⒸの三首を改めて示した上で、通釈しておきましょう。

Ⓐ「葦辺より満ち来る潮のいや増しに思へか君が忘れかねつる」は、「葦の生えた岸辺から満ちて来る潮のように、どんどん恋しく思うからか、あなたのことが（自然に）忘れられない」

Ⓑ「湊廻に満ち来る潮のいや増しに恋ひは余れど忘らえぬかも」は、「湊近くに満ちて来る潮のように恋する思いはますます満ちあふれている（それゆえ困却している）のに、（そのつらい思いを忘れようと思っても）忘れられないなぁ」

Ⓒ「いかにして忘るるものぞ我妹子に恋ひは増されど忘らえなくに」は、「どうしたら（自然に）忘れられるものなのか、私の愛する娘《こ》への恋する思いは増さる（ばかりで困却している）のに、（忘れようとする思いはかなわず）忘れられないなぁ」

Ⓐは Ⓑと、Ⓑは Ⓒと相互に類歌の関係にありますが、結句に見られる動詞忘ルは、Ⓐが下二段、ⒷⒸが四段で活用の種類が異なります。それが順接のⒶ「恋心はつのるから忘れられない」と、逆接のⒷⒸ「恋心はつのるのに忘れられない」にきちんと対応しているのですから、ⒷとⒸは何ら不可解な歌ではなく、むしろ切ない恋の味わい深い歌だと理解することができるでしょう。

以上は、間宮厚司［二〇〇二］で、筆者が論じた内容をまとめたものです。

◉参考文献

佐佐木隆［二〇〇〇］『上代語の表現と構文』（笠間書院）
有坂秀世［一九五七］「「わする」の古活用について」（『国語音韻史の研究・増補新版』三省堂）
間宮厚司［二〇〇二］「万葉歌（二五九七番と三一五九番）の解釈」（『法政大学文学部紀要』四七号）

◉第6話

類歌「潤和川辺の」と「潤八川辺の」

Ⓐ秋柏《あきかしは》潤和《うるわ》川辺《かはへ》の〈潤和川辺〉篠《しの》の目の人には忍《しの》び君に堪《あ》へなくに　（巻一一・二四七八）

Ⓑ朝柏《あさかしは》潤《うる》八川辺《かはへ》の〈閏八河辺之〉篠の目の偲《しの》ひて寝《ぬ》れば夢《いめ》に見えけり　（巻一一・二七五四）

右の類歌ⒶⒷは、『万葉集』の同じ巻一一に載録されています。ここで主として検討したいのは、Ⓑ「閏八河辺之」の「八」字の読み方についてです。河川名「潤和川」と「閏八河」は、注釈書を見ても所在地未詳となっており、特定できません。Ⓑの「閏八」をウルヤと読む、新編日本古典文学全集『万葉集』（小学館）は、その頭注で「八」字の用法に関して、次のように解説します。

「八」はハ・ヤと音訓両様仮名でウルハ…と読む説もあるが、漢字音の上からはハの音を写すのに適当でなく、用例も少ない。

右の観点からか、近年のほとんどの注釈書は、ウルヤの読み方のほうを採用しています。一方、

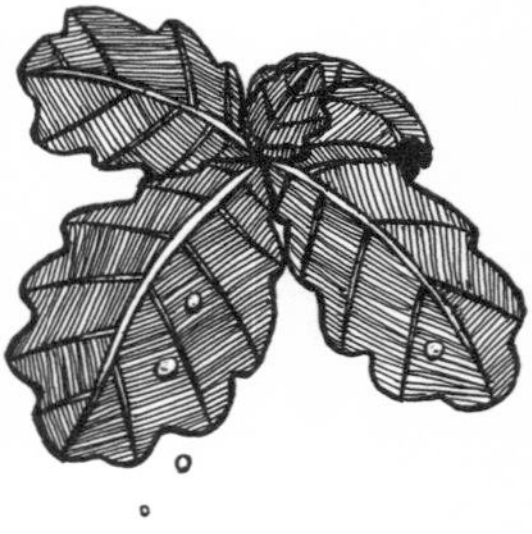

ウルハと読む、旧日本古典文学大系『万葉集』（岩波書店）の頭注には次の解説が見られます。
朝柏―枕詞。朝の柏の葉の潤う意からウルハカハにかかるか、朝の柏がウルハシイ意か。○閏八川―二四七八の潤和川と同じであろう。
また、山口佳紀［一九八五a］は、Ⓑの「八」字の読み方に関する問題点を指摘した上で、ウルハと訓じるのがよかろうと、以下のように述べました（一四〇頁）。
ウルヤカハヘ―ウルワカハヘについては、従来「閏八河辺」をウルハカハヘと訓み、ウルワカハへの方は、ハ行転呼音の古い例とされていた。しかし、稲岡耕二『万葉表記論』によれば、万葉集において、「八」字はヤを表わすのが普通で、ハを表わすのは極めて限られた場合であるが、正訓字あるいは訓仮名に前後を挟まれた音仮名は、仮名として音専用と見られるものか、音訓両用仮名中で音仮名頻度の高いものに限られるから、「閏八河」はウルヤカハと読むのが穏当という。従って、ウルヤカハヘ―ウルワカハへはj―w間の交替かとも考えられるが、この型の交替は、他に確実な例がなく、疑わしい。また、別の河川名とするのも一案であるが、
朝柏　閏八河辺之　小竹之眼笑　思而宿者　夢所見来（二七五四）
秋柏　潤和川辺　細竹目　人不顔面　公無勝（二四七八）
と並べて見るに、それも強引であろう。大坪併治『訓点語の研究』の指摘するごとく、平安時代の訓点資料で、仮名遣の誤用として真先に現れるのが、ウルハシ＞ウルワシ（麗）であると

いうのも、無視できない。やはり、「閏八河辺」はウルハカハへで、「潤和川辺」はハ行転呼音の古い例ということになるのではあるまいか。その際、どうしてハ音を表わすのに例外的に「八」字が使われたかが問題である。「閏」字は、「潤」字と通用して用いられた例もあるが、一般には、閏月を意味するものとして使われており、その場合、「閏三月」「閏五月」というように、直後に数字の来ることが多い。そのような背景があって、「閏」字の直後に「八」字が選ばれてしまったのではなかろうか。なお、「閏」字を万葉集中に用いたのは、「閏八河辺」の例と、ヌル・ヌラスの表記に用いた三例のみであるが、その三例とも人麻呂歌集所拠の旋頭歌に出て来るのは、表記の特異性を示すものとして、興味深い。

右の説明は説得的で得心がいきます。ただし以下、少々確認・補足しておきたいことがあります。まず、Ⓑの「閏」字を、日吉盛幸『万葉集漢文漢字総索引』（笠間書院）で調べてみますと、歌以外の箇所で、左記のように全例「閏」字の後には数字が来ており、何月であるかを表しています。したがって、ウルハを「閏八」と表記した理由は、「閏三・閏五・閏七」のみの例しか見られませんが、「閏」字に続く文字は数字という理由で、前記の山口説に首肯できます。

「閏三月」（巻八・一四五三〔目録・題詞〕、巻一七・三九二七〔題詞〕、巻一九・四二六二〔目録・題詞〕）・「閏五月」（巻一八・四一一二〔左注〕、四一一五〔左注〕、四一二一〔左注〕、四一二二〔題詞〕、四一一六〔題詞〕、四一一六〔目録〕）・「閏七月」（巻一七・三九二七〔題詞〕）

なお、「閏八月」の例を探すと、『続日本紀』の天平宝字元年に「閏八月」が存在します。また、「四《し》八《は》津《つ》（四極）」（巻六・九九九）や「八《は》信《しり》井（走井）」（巻七・一一一三）のようにハの音に「八」字を当てて、固有名詞を表記した例も見られます。したがって、問題のⒷ「閏八河」も固有名詞ですから、ウルハと読ませることの違和感も軽減されるでしょう。さらに、Ⓐの「潤和川」（ウルワカハ）は「訓・音・訓」表記ですが、Ⓑの「閏八河」をウルハカハと読むならば、同じく「訓・音・訓」表記になり、ⒶⒷは互いにパラレルな文字の配列になります。

それにウルハカハという川の名は、おそらく麗しい川という意味合いで命名されたものでしょうから、〈ウルハ＋カハ〉と分析されますが、このウルハという語形は一体どのように説明されるのでしょうか。つまり、シク活用形容詞ウルハシ（麗）が名詞カハヘ（川辺）を修飾する場合、通常は連体形のウルハシキカハヘ、もしくは語幹のウルハシカハヘになるはずです。それがウルハカハヘという語の構成になっているのは、なぜかという問題です。このウルハカハヘはシク活用形容詞の語幹ウルハシのシが無い形で名詞カハヘを直接修飾していますが、その類例を次に示しましょう。

シク活用形容詞メヅラシでメヅラコ（愛子）の例→〈梅豆羅古《めづらこ》〉（日本書紀・歌謡九九）

シク活用形容詞アタラシでアタラフナギ（惜船木）の例→〈安多良《あたら》船材乎〉（巻三・三九一）

要するに、ウルハカハヘならば文法的な説明が可能です。しかし、ウルヤカハヘでは語の構成が不明、かつ類歌Ⓐのウルワカハヘとの関係、つまり、ウルヤとウルワで音が異なる理由についての説明に窮します。確かに、『万葉集』で「八」字はヤと読むのが普通であり、ハで読むのは特殊なケースです。しかし、Ⓑの「閏八」の場合には、ウルハと訓むべき諸条件が揃っています。そして、これは全くの想像に過ぎませんが、Ⓑ「閏八」表記は「閏八月（旧暦では秋）」を表し、Ⓐの初句「秋柏《あきかしは》」の季節と結果的に対応しているという見方もできましょう。Ⓐのウルワ（潤和）は後にハ行転呼音（語中・語尾のハ行音が音変化によってワ行の音に変化する現象で、カハ（川）→カワ、カヒ（貝）→カヰなどの類）を生じた語形ですから、Ⓑのウルハ（閏八）の歌のほうが先にあった語形（発音）と考えるのが自然です。それでは、ここでⒶⒷ両歌を通釈しておきます。

Ⓐウルワ川のほとりの小竹《しの》の芽ではないが、他人には忍《しの》び隠すことができても、あなたの前では
あふれる心を抑えることができない。

Ⓑウルハ川のほとりの小竹《しの》の芽ではないが、あなたを偲《しの》んで寝たところ、その姿が夢に見えた。

以下、ⒶⒷの先後関係について考えますが、新編日本古典文学全集『万葉集』（小学館）のⒶの頭注に、「篠のノは甲類、忍ブのノは乙類と発音に小差はあるが、類音によってかけたのであろう」とあります。それに対して、Ⓑのシノフ（偲）のノは甲類ですから、上代特殊仮名遣いの上から、矛盾がありません。この点を考慮すれば、Ⓑのほうがウルハとシノの本来的な音を保っているのに対し、Ⓐは音の変化を生じているので、ⒶはⒷをアレンジした歌ということになるでしょう。ところで、Ⓐ「秋柏」とⒷ「朝柏」は共に枕詞で、柏の葉が露に濡れて潤うところから、ウルに

かけたと諸注で説明され、勿論それで理解できるのですが、このウル（潤）は、動詞ヌル（濡）と関連する語と考えられます。なぜなら、ウシ（大人）―ヌシ（主）、ウバタマ（黒玉）―ヌバタマ（黒玉）のように語頭子音nの無い形と有る形で関係づけられる語が存在するからです。この点については、山口佳紀［一九八五b］の「語頭子音の脱落」を参照。また、ⒶⒷでウルに用いられた「潤」と「閏」の字は、『万葉集』で「裳《も》裾《すそ》濡らしつ〈裳襴潤〉」（巻一一・二四二九）や、「濡れて行かむ見む〈閏将往見〉」（巻七・一二七四）のように、ヌル（濡）の表記にも使用されています。こうした点からも、ウルとヌルはnの無子音形と有子音形の対応語と見なすことができるでしょう。なお、平安中期の類題和歌集『古今和歌六帖』でⒶⒷ両歌を見ますと、Ⓐが「あきかしはぬるやかはべの」、Ⓑが「あさかしはぬるやかはべの」で万葉歌のウルがヌルに変わっていますが、これは「潤」と「閏」の文字を平安時代にヌルと単に（ヌルヤのヤも）読み誤ったものと推察されます。

以上は、間宮厚司［二〇〇六］で、筆者が論じた内容をまとめたものです。

◉参考文献

山口佳紀［一九八五a］「子音交替〈上〉」（『古代日本語文法の成立の研究』有精堂）
山口佳紀［一九八五b］「語頭子音の脱落」（『古代日本語文法の成立の研究』有精堂）
間宮厚司［二〇〇六］「万葉類歌比較研究」（『法政大学文学部紀要』五二号）

◉第7話

類歌「恋しけば」と「恋しくは」

Ⓐ恋しけば〈恋之家婆〉形見にせむと我がやどに植ゑし藤波《ふぢなみ》今咲きにけり　（巻八・一四七一）

Ⓑ恋しくは〈恋之久者〉形見にせよと我が背子《せこ》が植ゑし秋萩《あきはぎ》花咲きにけり　（巻一〇・二一一九）

まず、右の類歌二首がどう解釈されているのか、新編全集本と新大系本の現代語訳を見ましょう。

新編日本古典文学全集『万葉集』（小学館）

Ⓐ恋しくなったら　偲《しの》びぐさにしようと思って　家の庭に　植えた藤の花は　今咲き始めた

Ⓑ恋しくなったら　偲《しの》び草《ぐさ》にせよと　あなたが　植えてくださった秋萩《あきはぎ》は　花が咲き始めました

新日本古典文学大系『万葉集』（岩波書店）

Ⓐ恋しかったら形見にしようと私の庭に植えた藤の花が、今咲いたことである。

Ⓑ恋しかったら形見にして偲べと、我が夫が植えた秋萩は花が咲きました。

Ⓐと Ⓑの初句「恋しけば」と「恋しくは」は、どちらも仮定表現「…たら」で解釈されています。それは、他の注釈書で確認しても同様です。ところが、Ⓐの「恋しけば」については、未然形と已然形が同形の「恋しけ」のために、〈未然形＋バ〉の仮定表現ではなく、〈已然形＋バ〉の確定表現でも解釈可能と考える見方があります。例えば、安田尚道［一九八七］は、「それが未然形で仮定表現なのか、已然形で確定表現なのかの判定に苦しむような例がいくつかある」（五八頁）と書いた後に、冒頭のⒶの「恋しけば」の歌を示して、「もし…ならば」の意とも「…である時にはいつも」の意とも解しうる（五九頁）、と説明しています。つまり、Ⓐは「もし恋しいならば、…」と、「恋しい時にはいつも…」という両方の解釈の可能性があるとの指摘です。

また、山口佳紀［一九八五］は、従来の注釈書がⒶ「恋しけば」を〈未然形＋バ〉の仮定表現で解しているのに対して、新解釈を提示しました。それは、Ⓑの「恋しくは」で始まる明らかに仮定条件句を用いた類歌があるものの、Ⓐ「恋しけば」を仮定条件で解する現状に疑問を差し挟む余地ありという説です。そう考える根拠として、Ⓐ「形見にせむと」とⒷ「形見にせよと」との微妙な違いに注目します。すなわち、Ⓑで「恋しくは形見にせよ」と言ったのは我が背子ですが、「恋し」と思うのは歌の作者ですから、我が背子の側からすれば仮定法でいうのがふさわしいと考えます。それに比べて、Ⓐで「恋しけば形見にせむ」と思ったのは歌の作者ですから、「恋し」を仮定条件でいうまでもなく、事実恋しいとして、確定条件を用いたと考えることができると結論づけました。以上が山口説ですが、以下に検討を加えたいと思います。

Ⓐの「恋しけば」が仮定表現か確定表現かを判別する際に、まず確認しておきたいのは、万葉歌における「…ば…せむと」という Ⓐと同じ文構造をもつ歌の「ば」の上は未然形か已然形かという点です。以下、新日本古典文学大系『万葉集』(岩波書店)の読み方に従い、全例を示しましょう。

①絶つと言はば〈絶常云者〉わびしみせむと…　(巻四・六四一)

②潮満たば〈塩満者〉いかにせむと…　(巻七・一二一六)

③秋さらば〈秋去者〉移しもせむと…　(巻七・一三六二)

④秋さらば〈秋去者〉妹に見せむと…　(巻一〇・二一二七)

⑤春さらば〈春去者〉かざしにせむと…　(巻一六・三七八六)

右の五首を見ると皆〈未然形＋バ〉です。ただ問題の箇所は仮名表記でないので、〈已然形＋バ〉で読む可能性もゼロではありません。しかし、①～⑤は他の注釈書で確認しても全例〈未然形＋バ〉で訓じています。以上から、Ⓐ「恋しけば」も〈未然形＋バ〉と考えておくのが穏当です。

ところで、Ⓐ「恋し」の対象は何かという問題があります。中西進『万葉集』(講談社文庫)を見ますと、ホトトギスが恋しくなったら形見(ホトトギスをしのぶよすが)にしようと解釈すべきだとして、これは女性への恋ではない、と脚注で解説しています。一方、澤瀉久孝『万葉集注釈』(中央公論社)によれば、Ⓐの「恋し」の対象はホトトギスでない、と説明しています。そこで、Ⓐの歌の前後に並ぶ歌を確認してみますと、前後六首、すべてがホトトギスを詠み込んだ歌です。しかも、Ⓐ（一四七一番）の歌は、「夏の雑歌」の一四六五〜一四九七番歌の中に含まれており、「夏の相聞」は一四九八番歌から始まりますので、「部立て」の上からも、Ⓐは男女の恋の歌とは考えにくく、中西説に賛成したいと思います。Ⓐにはホトトギスの語は見られませんが、「藤波」があります。「藤波」は、次のようにホトトギスと取り合わせて読まれることの多い植物です。

藤波の散らまく惜しみほととぎす今城《いまき》の岡を鳴きて越ゆなり　（巻一〇・一九四四）

Ⓐの歌は、目の前でホトトギスが鳴いている時点で、もし鳴かなくなって恋しくなったらと仮定して歌ったものでしょう。Ⓐ「恋しけば（恋しくなったら）」は、「植ゑし」の時の気持ちです。したがって、Ⓐを確定条件で「恋しいから・恋しいので」のように解すると、「植ゑし」の段階ですでに恋しいことになってしまいます。けれども、それは不自然です。なぜなら、「植ゑし藤波」と「今咲きにけり」は、「過去」（恋しくなった時のために藤波の花が咲くのを願って植えた）と、「現在」（今まさにその花が咲き始めてホトトギスに会える季節がめぐって来た）が、対比されているのですから、仮定表現のほうが文脈的に落ち着きます。それでは、次の一首をご覧ください。

Ⓒ君来《こ》ずは〈君不来者〉形見にせむと我が二人植ゑし松の木君を待ち出《い》でむ　（巻一一・二四八四）

Ⓒとⓐは類歌とされていませんが、Ⓒの「形見にせむと我が二人植ゑし松の木」と、Ⓐの「形見にせむと我がやどに植ゑし藤波」は非常によく似た表現です。Ⓒの歌を通釈すると「もしあなたが

来ないなら形見にしようと思って私たち二人で植えた松の木よ。マツの木の名のとおり、あなたを待ってきっと出て来させるでしょう」ですから、Ⓒの初句「君来ずは」は、ⒶⒷの初句と同じく、仮定条件句を構成しています。すなわち、「植ゑし」の時に二人は一緒で、その時に「あなたが来ないなら」と仮定して、Ⓒは歌っているのです。また、このことは、先に一覧した①～⑤の初句が〈未然形＋バ…セムト〉で、すべて仮定表現になっていることとも矛盾しません。

ここで、ⒶⒷⒸを並べて示しましょう。

Ⓐ恋しけば形見にせむと我がやどに植ゑし藤波今咲きにけり　（巻八・一四七一）

Ⓑ恋しくは形見にせよと我が背子が植ゑし秋萩花咲きにけり　（巻一〇・二一一九）

Ⓒ君来ずは形見にせむと我が二人植ゑし松の木君を待ち出でむ　（巻一一・二四八四）

Ⓐの「恋しけば」は形容詞の古い仮定表現〈未然形＋バ〉、Ⓑの「恋しくは」は形容詞の新しい仮定表現〈連用形＋ハ〉、Ⓒの「君来ずは」は形容詞ではないズハを用いた仮定表現で、三首とも「もし恋する対象がいなくなって恋しくなったならば」という共通した気持ちを表現しています。

以上を踏まえて、ⒶⒷⒸの内容を分析・比較しますと、次のようになります。

Ⓐの歌→作者は山部赤人で男性。植えたのは作者自身。恋の対象はホトトギス。季節は藤波の花が咲いたので初夏。

Ⓑの歌→作者は女性。植えたのは相手の我が背子。恋の対象は我が背子。季節は秋萩の花が咲い

たので秋。

Ⓒの歌→作者は女性。植えたのは二人。恋の対象は君（我が背子）。季節は不特定（むしろ何時でもよい）。

ⒶⒷⒸ三首は、すべてが仮定表現で歌い出され、「形見」と「我が」と「植えし」が同一単語で、「藤波・秋萩・松」という植物を詠み込む点で共通しています。したがって、これら三首を類歌と見なしてよいのではないでしょうか（従来、ⒸはⒶⒷの類歌として認められていないようですが）。Ⓐ Ⓑは結句で、「咲きにけり（咲いたんだなぁ）」と歌うので、現在の緊迫感が際立っています。それに比べて、Ⓒは「松」と「待つ」で言葉遊びの趣向を凝らし、技巧的です。表現（初句の仮定表現のあり方や、植物を植えたのは作者自身か相手か二人か、また恋する対象を考慮すれば（想像の域を出ませんが）、Ⓐ→Ⓑ→Ⓒの順に前歌を模倣する形で、作られたものと考えたくなります。

以上は、間宮厚司［二〇〇六］で、筆者が論じた内容をまとめたものです。

◉参考文献

安田尚道［一九八七］「万葉集の文法」（『国文法講座4　時代と文法―古代語』明治書院）
山口佳紀［一九八五］『形容詞活用の成立』（『古代日本語文法の成立の研究』有精堂）
間宮厚司［二〇〇六］「万葉類歌比較研究」（『法政大学文学部紀要』五二号）

◉第8話
類歌「鳴く鳥の」と「居る雲の」

Ⓐ高座《たかくら》の三笠《みかさ》の山に鳴く鳥の止《や》めば継《つ》がるる恋もするかも　（巻三・三七三）
Ⓑ君が着る三笠の山に居《ゐ》る雲の立てば継がるる恋もするかも　（巻一一・二六七五）

ⒶとⒷは「ば継がるる恋もするかも」が共通の類歌です。新編日本古典文学全集『万葉集』（小学館）は、Ⓑの「立てば継がるる」の句について、その頭注で次のように問題点を記しています。

○立てば継がるる―継ガルルは、ルルが自発を表し、思い続ける意だが、それに立テバという条件句を置くことの理由は不明。山部赤人の「高座《たかくら》の三笠の山に鳴く鳥の止めば継がるる恋もするかも」（三七三）はこれの類歌だが、そのほうが分りやすい。

小山なかば［二〇〇三］は、右の頭注を引用後に、こう述べました。

このように疑問点を明らかに示したのはこの新全集のみである。しかし解釈においては「雲が立ってはまた湧き出るように絶え間ない恋さえもすることよ」というように他とほとんど変わりはなく、疑問に対する明確な解答が出ないままとなっていることがわかる。

そこで、小山なかば［二〇〇三］は、Ⓑの「立てば継がるる」が理解しにくいという点を解消すべく、「立てば」のタツを同音の「立つ」と「断つ」の掛詞《かけことば》（同音を利用して言葉を重ねる技法）と見なす考えを提出し、一首を「（君が着る）三笠の山に雲がかかっている。雲といえば立つものであるが、いくら断ち切ってもまた自然と続いてゆく、そんな切ない恋を私はしているものだなあ」と通釈しました。これは「立てば継がるる」を「立つ→断つ→継ぐ」と転換させて、掛詞になっていると見れば、問題は解決すると考えた新説です。なお、掛詞は「菊」と「聞く」や「松」と「待つ」のように、名詞と動詞の組み合わせが多いのですが、動詞から動詞への掛詞も『万葉集』にいくつか見られますので、問題はありません。動詞同士の掛詞の例を一首示しましょう。

①妹《いも》も我《あれ》も清《きよみ》の川の川岸《かはぎし》の妹が悔《く》ゆべき心は持たじ　（巻三・四三七）

→（妹も我も）清見の川の川岸が崩れる（崩ゆ）ように、あなたが後に悔いる（悔ゆ）ような心を私は決して持つまい。

①の歌は、川岸が崩れる意味の「崩ゆ（クユ）」という音を利用して、後悔を表す「悔ゆ（クユ）」へと転換しており、動詞から動詞への掛詞になっています。要するに、小山なかば［二〇〇三］は、新編全集本の「継ガルルは、ルルが自発を表し、思い続ける意だが、それに立テバという条件句を

置くことの理由は不明」という頭注の疑問に対して答えた論文です。この小山論文を受けて、山崎和子〔二〇〇六〕が異なる見解を示しましたので、以下にその内容を紹介したいと思います。

まず、「立てば継がるる」を「立つ→断つ→継ぐ」と転換させて、「立てば継がるる」を「断てば継がるる」で解釈する点について、次の歌を示し、成り立ちがたいことを説明しました。

②白雲の絶えつつも継がむと思へや乱れ染めけむ　（巻一四・三三六〇〔或本の歌〕）

②のように、万葉歌における「雲」は、動詞の「絶ゆ」や「継ぐ」と呼応しており、「断つ」と応じた例は一つもありません。それから、「恋」も「絶ゆ」と応じ、「断つ」の例はありません。そこから、「雲」や「恋」の述語として、「立つ」―「断つ」の掛詞を考えることは困難であると、山崎和子〔二〇〇六〕は指摘しますが、筆者もそのとおりだと思います。結局、Ⓑタテバツガルルを掛詞の「立つ」から「断つ」への転換と見て解釈する考え方は、非常に面白い発想による解決策ですが、表現上無理があるとの結論にならざるをえません。

それでは、問題のⒷ「立てば継がるる」は、どのように解釈すれば、納得できるのでしょうか。Ⓑの「立てば継がるる」と、Ⓐの「止めば継がるる」の句は、『万葉集』にⒶとⒷの一例ずつしかありません。また、「…ば継がるる」に続く、ⒶとⒷに共通する結句「恋もするかも」を含む歌は、ⒶとⒷの二首を含めて計七首あり、すべて結句に「恋もするかも」が来ています。そして、その中にはⒶⒷと同じく、絶え間ない恋心を歌った例（次の③④の歌）も見られます。

③かほ鳥の間《ま》なくしば鳴く春の野の草根《くさね》の繁き恋もするかも　（巻一〇・一八九八）
④庭清み沖へ漕ぎ出づる海人舟の梶取る間なき恋もするかも　（巻一一・二七四六）
ところで「雲」は、Ⓑの「三笠の山に居る雲の」のように、「山」と一緒に歌われる場合が多く、
⑤滝《たき》の上《うへ》の三船《みふね》の山に居《ゐ》る雲の常《つね》にあらむと我《わ》が思《おも》はなくに　（巻三・二四二）
⑥大君は千歳にまさむ白雲も三船の山に絶ゆる日あらめや　（巻三・二四三）
⑦み吉野《よしの》の三船の山に立つ雲の常にあらむと我が思はなくに　（巻三・二四四）
といった例から、「雲」は、動詞の「居る（動くものが留まる）」「絶ゆ（切れて続かない）」「立つ（上昇する）」と結びついていることがわかります。

こうした万葉歌の表現的特徴を考慮に入れ、山崎和子［二〇〇六］は小山なかば［二〇〇三］の新説に関して、次の⑴で否定した後、問題のⒷの歌を⑵で現代語訳していますが、首肯できます。

⑴万葉集において雲や恋を「絶（断）つ」の表現は成立しがたく、「立てば」としてのみ把握される。「三笠の山に居る雲の立てば継がるる」は、「居る雲」の上昇する「立つ」動きの顕在化を契機として「居る」ことの継続が起き、絶えず三笠山に雲の「居る」景を描出する。それは「継がるる恋」を具象化する序詞表現である。

⑵一首の意は、「あなたが着る（御笠の）御笠山にかかっている雲が上昇して行くと、自然とまた継いで（雲が居る）、そのように絶えず心にかかる恋をすることだわ」。

さてそうなると、Ⓑの「立てば継がるる」の「立つ」と「継がるる」の因果関係は、どのように理解されるのでしょう。筆者なりにまとめれば、結局、類歌のⒶとⒷは、どちらも自然界で繰り返し起こる（「継がるる」の句から必然的に生じる）現象として、次のように整理できます。

Ⓐの「鳴く鳥の―止む―継ぐ」→鳴く鳥の声が止むと自然とまた継いで鳥が鳴くような絶えぬ恋。

Ⓑの「居る雲の―立つ―継ぐ」→居る雲が上昇すると自然とまた継いで雲が居るような絶えぬ恋。

要点は、Ⓐが「鳴く」を継ぐのに対して、Ⓑは「居る」を継ぐという、ⒶⒷ共に繰り返し起こる自発的な「継《つ》がるる」自然現象という視点です。なお、「立つ」と「居る」は対比概念です。

⑧春柳葛城山《かづらきやま》に立つ雲の立ちても居ても妹《いも》をしそ思ふ　（巻一一・二四五三）

山崎和子［二〇〇六］は、右の⑧を示した後、「「雲」は、恋しい人への慕る思いを喚起させ、「雲」の様態に切実な恋心の有り様を重ねるという、自然と人事を一体化する表現として用いられたのであった」と指摘しています。

ところで、Ⓐの短歌の前には、山部赤人が春日野に登って作った、次の長歌が置かれています。

⑨春日《はるひ》を春日《かすが》の山の　高座《たかくら》の三笠《みかさ》の山に　朝去らず雲居《くもゐ》たなびき　容鳥《かほどり》の間《ま》なくしば鳴く　雲居《くもゐ》なす心いさよひ　その鳥の片恋《かたこひ》のみに　昼《ひる》はも日《ひ》のことごと　夜《よる》はも夜《よ》のことごと　立ちて居《ゐ》て思ひそ我《あ》がする　逢はぬ児《こ》ゆゑに　（巻三・三七二）

右の長歌⑨の「容鳥の間なくしば鳴く（郭公《かっこう》かとされる「容鳥」が三笠山で絶え間なくしきりに鳴く

〔ように片恋ばかりしている〕〕」は、Ⓐの「鳴く鳥の止めば継がるる」と照応し、一方で、⑨の「朝去らず雲居たなびき〔三笠山に朝ごとに雲はたなびき〔心はためらい〕〕」は、Ⓑの「居る雲の立てば継がるる」ときちんと照応しています。つまり、長歌⑨から短歌のⒶⒷ類歌二首が誕生したのです。さらに、Ⓐが男の歌（作者山部赤人）で聴覚（鳥の鳴き声）であるのに対して、Ⓑは女の歌（初句「君が着る」）で視覚（雲の動き）であるという違いも指摘しておきましょう。

なお、山崎和子〔二〇〇六〕は、「作歌順序については、『新大系』の言う「前後関係は不明」とするのが妥当ではないかと思う」と述べていますが、筆者は、長歌⑨からまず鳥を歌う反歌Ⓐがセットで作られた後に、雲を歌うⒷが作られたと考えるほうが穏当ではないかと考えます。

以上、筆者の勤務する法政大学の学会誌に掲載された小山・山崎両論文を紹介しました。ちなみに、二人は筆者が担当した大学院の授業を履修し、今回の類歌について、発表していました。

◉参考文献

小山なかば〔二〇〇三〕「万葉集二六七五番歌「立てば継がるる」について」（法政大学国文学会『日本文学誌要』六七号）

山崎和子〔二〇〇六〕「万葉集一一・二六七五番歌「君が着る三笠の山に居る雲の立てば継がるる恋もするかも」の解釈について」（法政大学国文学会『日本文学誌要』七四号）

◉第9話
類歌「ほととぎす」と「うぐひすの」

Ⓐほととぎす鳴く峰《を》の上《うへ》の卯《う》の花の憂《う》きことあれや君が来まさぬ　（巻八・一五〇一）

Ⓑうぐひすの通ふ垣根の卯の花の憂きことあれや君が来まさぬ　（巻一〇・一九八八）

ⒶとⒷは類歌の関係にありますが、初句と二句が異なり、三・四・結句は同一です。ここでは、類歌ⒶⒷを仔細に比較した、弓香織〔二〇〇七〕の内容を、以下に紹介したいと思います。

『万葉集』の中で、一番多く歌われている鳥は、ホトトギス（不如帰）です。以下、カリ（雁）、ウグヒス（鶯）、タヅ（鶴）と続きます。ホトトギスで始まるⒶの歌は題詞に「小治田朝臣広耳《をはりだのあそんひろみみ》の歌一首」と記されていますが、この作者は伝未詳の男性で、Ⓐ以外に次の一首が見られるだけです。

①ひとり居《ゐ》て物思《おも》ふ夕《よひ》にほととぎすこゆ鳴き渡る心しあるらし　（巻八・一四七六）

Ⓐの作者広耳は、右の①でも「ホトトギスがここを鳴いて行く」とホトトギスを歌っています。

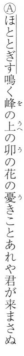

なお、Ⓑに題詞はありませんが、ⒶもⒷも結句「君が来まさぬ」から、共に女性の立場の歌であることは確かです。つまり、Ⓐは男性（広耳）が女性の立場で読んだ恋の歌ということになります。また、ⒶⒷ両歌は「…卯《う》の花」の「う」から「憂《う》き」を導く序詞になっている点で共通しています。そして、初句と二句で異なる点は左記のとおりで、三句の「卯の花」以下は結句まで同じです。

Ⓐホトトギス（夏の鳥）　鳴く（動作）　峰の上（場所）　卯の花（夏の花）
Ⓑウグヒス（春の鳥）　通ふ（動作）　垣根（場所）　卯の花（夏の花）

ではなぜⒷは、春の鳥ウグヒスと夏に咲く卯の花を組み合わせて歌ったのでしょうか。『万葉集』でウグヒスは梅などの春のものと、ホトトギスは橘のような夏のものと、一緒に読まれる例が多く、ウグヒスは春、ホトトギスは夏の代表的な鳥として、万葉人に十分認識されていました。

一方、卯の花は初夏の頃に咲く夏の花です。そうすると、夏の卯の花との組み合わせについてはⒶのホトトギスならば、夏の鳥と夏の花同士で問題ありませんが、Ⓑのウグヒスの場合は春の鳥と夏の花を一緒に読み込んでいるので、組み合わせの季節がずれています。この点については、どう理解すべきでしょうか。弓香織［二〇〇七］は、複数の注釈書で調査した結果、ⒶⒷ両歌の作成順序については、大きく分けて二説があるとして、次のようにまとめています。

『万葉集全注』（阿蘇瑞枝・有斐閣）など
↓「卯の花」と「憂きこと」の「ウ」に加えて、「ほととぎす」を「うぐひす」と改めることで音の合わせを強めたという意見。Ⓐ歌をもとに技巧を加えてⒷ歌が詠まれたとする。
『万葉集釈注』（伊藤博・集英社）など
→Ⓑ歌を踏まえて、宴席などでの座興としてⒶ歌が詠まれたとする。
右のように整理した後、弓香織［二〇〇七］は、自らの見解を次のように述べました。

諸注釈書では、Ⓐ歌をもとにⒷ歌が詠まれていて強調のためにウグイスが用いられたという説と、Ⓑ歌がもとにあってⒶ歌は宴席歌として詠まれたのではという説の二説をあげている。Ⓐ歌を宴席の座興とする理由はおそらく、小治田朝臣広耳という男性である作者が、女性の立場で詠んだものだからだろう。ただしこの『万葉集釈注』などの説は、そもそもこの説でのもとの歌とされるⒷ歌で何故ウグイスと卯の花が組み合わされたのかという点が明確に示されていない。他にもいくつかの理由から、本稿では、Ⓐ歌からⒷ歌が作られ音の強めのためにホトトギスをウグイスに置き換えたとする『万葉集全注』説を支持したいと考える。

ここで、ホトトギスとウグヒスについて、簡単に辞書的な説明をしておきましょう。
• ホトトギスは初夏に渡来して秋に東南アジアに去るため、日本では夏にしか姿が見られません。高原や山林に単独で住み、夜中に鋭い声で鳴きます。ウグヒスなど他の鳥の巣に卵を産みます。
• ウグヒスは年間を通して日本にいますが、早春に山地から人目に付きやすい平地に降りて来て、美しい声で鳴きます。

『万葉集』には、ホトトギスとウグヒス、それに卯の花を一緒に読み込んだ長歌が一首あります。

②うぐひすの卵《かひご》の中に　ほととぎすひとり生まれて　己《な》が父に似ては鳴かず　己《な》が母に似ては鳴かず　卯《う》の花の咲きたる野辺《のへ》ゆ　飛び翔《かけ》り来鳴きとよもし　橘の花を居《ゐ》散らし　ひねもすに鳴けど聞きよし　賂《まひ》はせむ遠くな行きそ　我がやどの花橘に　住み渡れ鳥　（巻九・一七五五）

この長歌②は、「ウグヒスの卵の中にホトトギスがひとり生まれて」と歌い出されるところから、ウグヒスの巣に托卵《たくらん》する習性のホトトギスについて歌ったものです（ホトトギスは何をたくらんでいるのでしょうか）。②の主眼はあくまでもホトトギスですから、Ⓑの歌とは違って、ウグイスと卯の花の組み合わせの歌とは言えません。ウグイスと卯の花の組み合わせはⒷの歌一首のみです。

弓香織［二〇〇七］は、ⒶとⒷに使用された単語について確認した結果、『万葉集』で「卯の花」は二四首に見られ、ホトトギスとの組み合わせは一八首あり、「峰の上」はⒶ以外に一〇首あるが、鳥との組み合わせ例は、次のようにホトトギスの例しか見られないと報告しています。さらに、

③二上《ふたがみ》の峰の上《を》の繁《しげ》に隠《こも》りにしそのほととぎす待てど来鳴かず　（巻一九・四二三九）

④木《こ》の暗《くれ》の茂《しげ》き峰の上《を》をほととぎす鳴きて越ゆなり今し来《く》らしも　（巻二〇・四三〇五）

から、ホトトギスが山の高い場所に生息していたことがうかがい知られるのに対して、「垣根」の語はⒷの歌以外に『万葉集』に例が見られず、また、ウグヒスは、ホトトギスと違って次のように人家の周辺を領域として身近な鳴く鳥として歌われていると指摘します。

⑤うぐひすの音《おと》聞くなへに梅の花我家《わぎへ》の園に咲きて散る見ゆ　（巻五・八四一）
⑥我がやどの梅の下枝に遊びつつうぐひす鳴くも散らまく惜しみ　（巻五・八四二）
⑦春さればをりにをりうぐひすの鳴く我《わ》が島《しま》そ止《や》まず通はせ　（巻六・一〇一二）
⑧うちなびく春立ちぬらし我《わ》が門《かど》の柳の末《うれ》にうぐひす鳴きつ　（巻一〇・一八一九）
⑨袖垂れていざ我《わ》が園《その》にうぐひすの木伝《こづた》ひ散らす梅の花見に　（巻一九・四二七七）
⑩うぐひすの鳴きし垣内《かきつ》ににほへりし梅この雪にうつろふらむか　（巻一九・四二八七）
⑪うちなびく春とも著《しる》くうぐひすは植木《うゑき》の小間《こま》を鳴き渡らなむ　（巻二〇・四四九五）

これらを見ますと、傍線部分の表現は微妙に違いますが、⑤「私の家の庭」、⑥「私の庭」、⑦「私の庭」、⑧「私の家の門口」、⑨「私の庭」、⑩「垣根の内」、⑪「植木の間」というように、先のホトトギスとは対照的に狭く限定された人の生活圏内におけるウグヒスの姿を歌っていることがよくわかります。⑦は「ウグヒスよ、欠かさず、お通いください」と歌い、Ⓑの「通ふ垣根」と同じく、ウグヒスが人家に通う鳥だとわかります。また、「卯の花」（植物名はウツギで刈り込みにも強く、現代でも垣根に用いられることが多い植物）を、万葉人も「垣根」としていたことが、Ⓑの歌から判明します。なお、「憂きこと」はⒶⒷにしか見られず、「卯《う》」と「憂《う》」を掛ける例もⒶⒷだけです。このような表現のあり方を確認した上で、弓香織［二〇〇七］は、こう結論づけました。

こうしてみると、Ⓐ歌は使用例の多いことばや組み合わせを用いているが、Ⓑ歌はことばも組み合わせも珍しいものを用いて作られていることがわかる。もしⒷ歌をもとにⒶ歌を詠んだとすると、珍しいことばや組み合わせで作られた歌を、あえて当時の標準的なものに換えて詠み直したということになる。それよりは、標準的な組み合わせで作られた歌を珍しい組み合わせに詠み換えたのだという方が、作られた順序として無理がないのではないだろうか。この点から考えても、Ⓐ歌をもとにⒷ歌を詠んだという流れが自然だと考えられる。

筆者も、Ⓐが先で技巧的なⒷが後だろうと思います。では最後に筆者なりにⒶⒷを比較する形で、現代語訳して終えましょう。なお、両歌は「夏の相聞」に配されており、季節は共に夏です。

Ⓐ（〔今この夏に〕ホトトギスが鳴く〔声で聴覚〕山の尾根の卯《う》の花の）心憂《う》きことがあってか、君がいらっしゃらない（ホトトギスの激しい鳴き声が私の心を苦しめます）。

Ⓑ（〔毎年必ず春に〕ウグヒスが通う〔姿で視覚〕家の垣根の卯《う》の花の）心憂《う》きことがあってか、君がいらっしゃらない（ウグヒスが我が家に通うように通っては来ません）。

以上、筆者の勤務する法政大学の学会誌に掲載された弓論文の内容を紹介しました。

◉参考文献

弓　香織〔二〇〇七〕「万葉類歌の比較――一五〇一番歌と一九八八番歌――」（法政大学国文学会『日本文学誌要』七五号）

◉第10話 異伝歌「生跡毛無」と「生刀毛無」

Ⓐ衾道《ふすまぢ》を引手《ひきで》の山に妹《いも》を置きて山道《やまぢ》を行けば生《い》けりともなし〈生跡毛無〉（巻二・二一二）

Ⓑ衾道を引手の山に妹を置きて山道思ふに生けるともなし〈生刀毛無〉（巻二・二一五）

ここでは、異伝歌（或《あ》る本《ほん》の歌に曰《いわ》く）の関係にある柿本人麻呂のⒶⒷ二首を比較します。

ⒶⒷ両歌の結句の違いは、Ⓐ「生けりともなし」と、Ⓑ「生けるともなし」で、わずかに「り」と「る」の一文字ですが、これは誤植ではありません。それは複数の万葉テキストで確認すれば、誤りでないことがわかります。この違いは、どうして生じたのでしょうか。原文表記を見ると、Ⓐが「生跡毛無」、Ⓑが「生刀毛無」で、違いは「跡」と「刀」の一字だけです。

そもそも、Ⓐ「生跡毛無」は、なぜイケリトモナシと読まれるのでしょうか。その理由は、Ⓐのトが上代特殊仮名遣いのトの乙類に相当する文字「跡」で表記されているからです。トの乙類は、

助詞のトを書く文字と一致し、助詞トは動詞終止形を受ける決まりになっているので、「生」字はイケリと終止形で読まれます。このイケリは、四段動詞イク（生）の連用形イキとラ変動詞アリ（有）の二語が融合［iki＋ari→ikeri］してできたもので、終止形はラ変動詞だからイケリです。

そして、イケリトモナシのトモについては、トモを引用の助詞トに感動の助詞モがついたものと考えて、この句を「生きている気もしない」の意と解するのが通説です。しかし筆者は、このトモを逆接の仮定条件を表す接続助詞と見なして、「生きていたとしても生き甲斐がない」の意で解釈する考えを、間宮厚司［一九九〇］で提案しました。そう考えた根拠は、次のようにイケリトモに「たとえ生きていたとしても」の例が見られるからです。

今は我《あれ》は死なむよ我《わ》が背《せ》生けりとも我《あれ》によるべしと言ふといはなくに（巻四・六八四）

…ますらをの争《あらそ》ふ見れば　生けりとも逢ふべくあれや…（巻九・一八〇九）

…生けりとも我《あれ》に寄るべしと人の言はなくに（巻一一・二三五五）

よしゑやし死なむよ我妹《わぎも》生けりともかくのみこそ我《あ》が恋ひわたりなめ（巻一三・三二九八）

それから、文構造からも、Ⓐ「…山道を行けば生けりともなし」と同じ〈…已然形＋バ…トモ〉の万葉歌が存在しており、構文的にも問題がありません。

春さればもずの草《かや》ぐき見えずとも我は見遣《みや》らむ君があたりをば（巻一〇・一八九七）

歌意は、「春になると、もずが草の中に潜《ひそ》み隠れるように、たとえあなたが見えなくても、私は眺めましょう。あなたの辺りを」です。これと同じ文構造のⒶも「(衾道を)引手の山に妻を置いて山路を帰って行くと、たとえ生きていても、生き甲斐がないだろう」と、通釈できます。

それでは、異伝歌のⒷはどうでしょうか。Ⓑの「生刀毛無」の「刀」は、Ⓐの「跡」で書かれた乙類のトとは違い、甲類のほうのトです。甲類のトの場合は、乙類でないために、助詞トと認めるわけにはいきません。こちらの甲類のトの語釈に関しては二つの説があります。一つは、トゴコロ(しっかりした心)のトと考え、形容詞トシ(利)の語幹トと同じ体言的な語と見なして、イケルトモナシを「生きている自覚、確かな理性もない」と解釈する説で、ほとんどの注釈書が採用しています。こうした見方に対して、旧日本古典文学大系『万葉集』(岩波書店)は、頭注で、「利心のトだけを名詞として用いる例は他になく」と疑問を投げかけています。しかし、そのトが何であるかまでの言及はなく、代案も出されていません。その後、山口佳紀［一九七〇］が、それまで有力視されてきた通説に疑念を抱き、語法の観点から次の事実を指摘しました。

> 生ケルトモナシのトを形容詞語幹ト(利)と考えるのも、トが生ケルという連体修飾語を受け、主格に立っている事実からして、上代における形容詞語幹の基本的性格を無視したものである。もっとも、トはトゴコロ(利心)の略形であるとする説き方もあるが、そのような用法も、形容詞語幹の用法としては、他例のないものである。

最終的に、山口佳紀［一九七〇］は、生ケルトモナシの甲類のトについて、「時」の意を表すトと考え、「生きている時もない」と解する説を提唱しました。これは合理的な考え方だと思います。なぜなら、「熟睡寝《うまいね》しとに（ぐっすり眠り込んだ時に）」（日本書紀・歌謡九六）を見れば、ト（時）は過去の助動詞キの連体形シを受けており、生ケル（連体形）ト（時）モナシという結合の仕方にも問題がないからです。結局、ト（利）を形容詞の語幹と考えるのが通説ですが、他の形容詞語幹が類似の表現を構成した例はない、という看過できない問題点があるわけで、トを「時」と考えれば、これは体言ですから連体形イケルとの結合に問題はなくなります。このトは「処」から「時」の意に転じたもので、アイダ（間）・ウチ（内）・マ（間）なども、これと同様に空間的意味から時間的な意味へと変化を起こした語です。

ところで、イケリトモナシとイケルトモナシは、酷似する表現だったためにやがて混同も生じたらしく、両者を折衷した大伴家持の「伊家流等毛奈之」（巻一九・四一七〇）という例があります。この例の「等」は乙類のトだから助詞トに当てられたものと解されるにもかかわらず、トがイケルという連体形を受ける例外的表現になっています。この例外はどう考えるべきでしょうか。これは人麻呂などのイケリトモナシ（生跡毛無）を家持が誤読し間違ったため、イケルトモナシになったと考える説があります。しかし、いかに誤りであれ、連体形に助詞トが続く語法的に理解しにくいイケルトモナシという言い方を、わざわざ家持が作る必然性は見出せません。

イケルトモナシは、かつては原義が正しく理解されていましたが、次第に慣用化し、家持の時代にはトが何か不明になっていたのでしょう。それで、家持は甲類のトの文字で書くべきところを、乙類の「等」字で書いたものと推察されます（以上、山口佳紀［一九七〇］を参照）。

そこで、イケルトモナシという言い方が、当時すでに伝承的・慣用的なもので、家持がトの甲類をトの乙類と間違えるほど原義がわかりにくくなっていたことを立証するためには、イケルトモナシのほうが、イケリトモナシよりも古い表現である根拠を示せればよいと筆者は考えます。

Ⓐイケリトモナシに対応する長歌二一〇番歌のウツセミ（原義は顕《うつ》し臣《おみ》（生身の人間））・カギロヒ（炎）は、Ⓑイケルトモナシに対応する長歌二一三番歌のウツソミ・カギルヒよりも新しい語形です。すなわち、Ⓐに対応する長歌に新しい語（ウツセミ・カギロヒ）が、Ⓑに対応する長歌のほうに古い語（ウツソミ・カギルヒ）が、わずか二語ではありますが指摘できるのです。これは、Ⓑを含む歌群が初案で、Ⓐを含む歌群が推敲したものであるとする通説にも矛盾せず、またイケルトモナシが当時すでに慣用的な古い表現であったという見通しとも符合します。

ここで取り上げた、Ⓐの「衾道を引手の山に妹を置きて山道を行けば生けりともなし」（巻二・二一二）と、Ⓑの「衾道を引手の山に妹を置きて山道思ふに生けるともなし」（巻二・二一五）の傍線部を各注釈書は、一体どのように口語訳しているのでしょうか。

旧日本古典文学大系『万葉集』（岩波書店）は、Ⓐ「生きた心地もない」とⒷ「生きた心地もしない」、新日本古典文学大系『万葉集』（岩波書店）は、Ⓐ「生きている感じがしない」とⒷ「生きている気力もない」、旧編日本古典文学全集『万葉集』（小学館）は、Ⓐ「とても生きた気がしない」とⒷ「現心《うつつごころ》もない」、新編日本古典文学全集『万葉集』（小学館）は、Ⓐ「もう生きている甲斐がない」とⒷ「現心もない」、稲岡耕二『万葉集全注』（有斐閣）は、Ⓐ「生きている気もしない」とⒷ「生きている心地もしない」となっています。しかし、これではⒶイケリトモナシとⒷイケルトモナシの両句の意味上の差異は判然としません。

そこで、すでに述べたとおり、Ⓐ「引手の山に妻を置いてきて山路を帰って行くと、（私は現実に生きているが）たとえ生きていたとしても、生き甲斐がないだろう」、Ⓑ「引手の山に妻を置いてきて山路を思うと、生きている（と実感できる）時もない」のように解釈すれば、ⒶⒷ二首の微妙に異なる結句の違いは、明瞭になります。

以上のように解釈することで、Ⓑの歌を推敲したのがⒶの歌であるという作者柿本人麻呂の工夫（表現的差異）が鮮明に浮かび上がってくるのではないでしょうか。

以上は、筆者が、間宮厚司［一九九〇］で論じた内容をまとめたものです。

◉参考文献

間宮厚司［一九九〇］「生ケリトモナシと生ケルトモナシ」（『鶴見大学紀要・国語国文学篇』二七号）
山口佳紀［一九七〇］「精神（ココロド）考」（『聖心女子大学論叢』三五集）

◉第11話

「莫囂円隣之大相七兄爪謁気」の読み方

▼莫囂円隣之大相七兄爪謁気我が背子《せこ》がい立たせりけむ厳橿《いつかし》が本《もと》　（巻一・九）

この歌は天智と天武両天皇に愛された女流歌人（ラブロマンスのヒロイン）として、人気・知名度ナンバーワンの額田王《ぬかたのおおきみ》の作で、俗に「莫囂円隣歌《ばくごうえんりんか》」と呼ばれる『万葉集』中、随一の難訓歌です。

難訓歌の訓義を追究することは、時間の浪費であり、その解読はタイムマシンでも発明されない限り、永遠に不可能であると考える研究者が少なくありません。ここでの筆者の結論も、決定的な訓読と解釈の披露というわけには残念ながらまいりません。ただし、従来の考え方とは違う新たな視点を導入することで、解決への一つの方向性や糸口を示すことに、多少なりとも意義があるかと考え、間宮厚司［一九九九］で提示した筆者の見解を以下に述べたいと思います。

まず、初句の「莫囂」の二文字は、「囂（かまびす）しきこと莫（な）し」の意味を表すと考え、

「莫囂」をカマビスシ（やかましい・うるさい）の反意語で、シヅ（静）と読みます。「円」字には、マトの訓があるので、その第二音節トを脱落させて、第一音節マのみを利用したものと見なし、マと読みます。これと同種の実例として、「常（トコ）」字をト、「前（マヘ）」字をマ、「苑（ソノ）」字をソに、それぞれ当てて使用した表記が、『万葉集』に見られます。「隣」字はリに、「之」字はシに用いた例が、『万葉集』にあります。

以上から、初句の「莫囂円隣之」をシヅマリシと読みます。この訓は、澤瀉久孝『万葉集注釈』（中央公論社）も支持する訓で、土橋利彦〔一九四六〕が最初に提唱しました。

次に、第二句「大相」のうち「大」字については、「入」→「大」の誤写を想定し、「入相」が原形であったと仮定します。「入相」とは平安時代以降に例のあるイリアヒで、「太陽の没する頃・夕暮れ時」の意を表すところから、「入相」の二文字でもって、ユフ（夕）と読みます。「七兄」の「七」字は『万葉集』でナに当てた例があります。「兄」字については、「見」→「兄」の誤写と考えて、「七見」でナミ（波）と読みます。ナミ（波）のミは、上代特殊仮名遣いでミの甲類ですが、「見」字もミの甲類を表記する文字ですから、仮名遣いの点からも矛盾しません。「爪」字についても、「似」→「爪」の誤写を想定して、「似」字が原形であったと推定します。「似」字には、助詞のニを表記する際に使用した例が、『万葉集』にあります。

「謁気」についてですが、『万葉集』の原形を推定する上で第一に重要な資料となるのは、書写年代の古い次点本と呼ばれる諸本です。そこで、次点本の『元暦校本』（平安中期）・『類聚古集《るいじゅこしゅう》』（平安末期）・『古葉略類聚鈔《こようりゃくるいじゅしょう》』（鎌倉初期）・『紀州本』（鎌倉末期）の四本で、「謁気」を見ますと、すべて「湯気」になっています。一方、次点本よりも書写年代の新しい『西本願寺本』（鎌倉末期の新点本）や『寛永本』（江戸初期の版本）では、「謁気」になっています。おそらく次点本から新点本へと推移する過程で、「湯」→「謁」の書き間違いがあったのでしょう。ここでは資料的に古く信頼度の高い次点本諸本のほうを原形と認定し、「湯」字を本文として採用します。ちなみに、「謁」字は『万葉集』に使用例がありませんが、「湯」字のほうはあります。「湯気」の二文字は、戯書《ぎしょ》（知的遊戯性のある表記）と見なし、ユゲ（湯気）が「立ち」のぼる水蒸気であるところから、タツと読みます。タツを「湯気」で表記するのは当該歌の場合、決して不可解な表記にはならないと思います。なぜなら、題詞に、「幸于紀温泉之時額田王作歌（紀伊の温泉に行幸された時に額田王が作った歌）」と明記されているからです。題詞にある「温泉」から「湯気」を連想し、それをタツの表記に使用したものと推考すれば、ある程度は得心がいくのではないでしょうか。ただし、このタツは「立つ」意ではなく、「発つ」意のほうのタツと考えます。万葉歌の例を示しましょう。

都辺《みやこへ》に発《た》つ〈多都〉日近づく飽《あ》くまでに相見《あひみ》て行《ゆ》かな恋ふる日多けむ　（巻一七・三九九九）

以上から、第二句は「大相七兄爪謁気」を「入相七見似湯気」に改め、これを原文と仮定して、ユフナミニタツ（夕波に発つ）と読みます。無論、「入→大」「見→兄」「似→爪」という三文字も誤字を想定することは大問題で、そのことは十分承知しています。しかし、これまで三十種以上の試訓が提出されているにもかかわらず、近年の主立った注釈書が、ここの読みを断念している現状は、どうしても複数の誤写が含まれていると、予想せざるを得ないのです。

結論として、九番歌は次のように読み下されます。

静《しづ》まりし夕波《ゆふなみ》に発《た》つ我が背子《せこ》がい立たせりけむ厳橿《いつかし》が本《もと》　（巻一・九）

歌意は「静まった夕波（の時）に船出した我が君が、（旅の安全を祈るために、側に）お立ちになったという、厳橿の木の下よ」となります。

ここで、歌の表現上の時間的な前後関係について説明しますと、まず我が背子は旅の安全を祈願するために、神聖な樫の木の下にお立ちになった。その後で、船出に好条件の静まった夕波の時に出発した、という順序になります。額田王は、過去推量の助動詞ケムを用いることで、我が背子のとった過去の行動を回想（イメージ）して歌ったのでしょう。平舘英子［一九九九］の冒頭に、

額田王の作品群は回想に始まって、回想に終わる。万葉集に載る全一二首中、最も古いとされる歌（1・七）は「宇治のみやこの仮廬《かりいほ》」を回想し、最も新しいとされる弓削王子との贈答歌群（2・一一一〜一一三）は「古」を回想する。

という記述がありますが、この指摘は九番歌を回想の歌と見るときに注意されてよいでしょう。

ところで、『万葉集』の中には、「海や波の状態」と「船出」との関係を詠んだ歌があります。

①…いざ子どもあへて漕《こ》ぎ出《で》む　にはも静《しづ》けし　（巻三・三八八）
②粟島《あはしま》に漕ぎ渡らむと思へども明石の門波《となみ》いまだ騒《さわ》けり　（巻七・一二〇七）
③海つ路《ぢ》の凪《な》ぎなむ時も渡らなむかく立つ波に船出《ふなで》すべしや　（巻九・一七八一）

右の三首のうち、①は、「さぁみんな思い切って船出しよう。海面も穏やかだ」と歌いますが、海面が穏やかな状態を「静けし」と表現しています。②の場合には、①の「静」とは逆に、明石の瀬戸の波が一向に静まらない状態を「いまだ騒けり」と歌いますが、これは荒波が粟島に漕ぎ渡る際の障害になっているのです。③の「かく立つ波に船出すべしや（こんな激しい波の時に船出してよいのか）」は、試訓「静まりし夕波に発つ」という表現があり得ることの傍証例になるでしょう。

次に、『万葉集』巻一に載録された額田王の全五首を列挙し、その歌い方の特徴を見ましょう。

Ⓐ秋の野のみ草刈《か》り葺《ふ》き宿れりし宇治《うぢ》のみやこの仮廬《かりいほ》し思《おも》ほゆ　（巻一・七）
Ⓑ熟田津《にきたつ》に船乗《ふなの》りせむと月待てば潮《しほ》もかなひぬ今は漕《こ》ぎ出《い》でな　（巻一・八）
Ⓒ静《しづ》まりし夕波《ゆふなみ》に発《た》つ我が背子《せこ》がい立たせりけむ厳橿《いつかし》が本《もと》　（巻一・九）
Ⓓ三輪山を然《しか》も隠すか雲だにも心あらなも隠さふべしや　（巻一・一八）
Ⓔあかねさす紫野《むらさきの》行き標野《しめの》行き野守《のもり》は見ずや君が袖振る　（巻一・二〇）

これらのうち、Ⓐは「刈《か》り」と「仮《かり》」、Ⓓは「隠す」と「隠さふ」、Ⓔは「行き」と「行き」のように同音の語（Ⓐは同音異義語で、ⒹⒺは同じ動詞）を繰り返しています。Ⓒも試訓によれば、「発《た》つ」と「立《た》た」とで同音を反復させた形になります。これは『万葉集』巻一における額田王の歌風と言えるでしょう。Ⓑには同音反復は見られませんが、「船乗りせむ」と「漕ぎ出でな」は、表現を変えて一連の船出に関する行動を歌っています。また、Ⓑの八番歌が月と潮の条件がととのった状況下での船出を歌うのに対して、Ⓒの九番歌は静まって凪《な》いだ夕波の状態における船出を歌っているので、二首は配列の上からも関連していると見ることができそうです。

伊藤博『万葉集釈注』（集英社）は、九番歌の「我が背子」を有間皇子《ありまのみこ》に擬する考えを提示しました。これは斉明《さいめい》一行の行幸《ぎょうこう》と、有間皇子（斉明天皇の時、謀反の嫌疑を受け、紀伊国で一九歳の時に刑死）が、場所（紀伊）および期間（『日本書紀』の記述）の点から見事に重なり合うので、非常に魅力的な見方だと思います。そこで、この仮説に従って、九番歌を通釈し直しますと、「（船出に適した）静まった夕波の時に出発した（今は亡き）有間皇子が、（命の無事を祈りながら、側に）お立ちになったという、（霊力豊かな）橿の木の下よ」という追慕の情を詠んだ歌になります。

◉参考文献

間宮厚司［一九九九］「『万葉集』九番歌の訓釈」（『法政大学文学部紀要』四四号）
土橋利彦［一九四六］「莫囂圓隣之大相七兄爪謁気の訓」（『文学』一四巻一一号）
平舘英子［一九九九］「額田王論」（『セミナー万葉の歌人と作品・第一巻』和泉書院）

◉第12話

「強佐留」の読み方

▼みこも刈る信濃の真弓引かずして強佐留わざを知るといはなくに　（巻二・九七）

右は「久米禅師《くめのぜんじ》が石川郎女《いしかわのいらつめ》に求婚した時の歌五首」と題された第二首目の石川郎女の歌ですが、第四句は難訓箇所で、本文の異同や誤字説もあるので、その点を最初に確認しましょう。

Ⓐ「強佐留」→『元暦校本』『金沢本』『類聚古集』『紀州本』などの次点本諸本。

Ⓑ「強作留」→『西本願寺本』以降の新点本諸本。

Ⓒ「弦作留」→Ⓑの「強」字を「弦」字の誤りと見なす考え。

書写年代が古く、資料的信頼度も高い次点本諸本に一致して見られるⒶ「強佐留」を本文に採用してシヒザルと読む、澤瀉久孝『万葉集注釈』（中央公論社）等の説は、表記の点から重大な問題があります。「佐」字は万葉歌に六〇〇以上の例があるのに、濁音ザに用いた例は一箇所しかないいため、シヒザルを「強佐留」と書く可能性は極めて小さいのです。また、万葉歌で打ち消しの助動詞ザリを表記する場合、シヒザルならば「之比射留」と一字一音で表記されるか、「不強有」や「不強在」と訓仮名表記されるかのいずれかです。もし、シヒザルが「強佐留」のように〈正訓字+音仮名〉で書かれたとすると、これは『万葉集』にまったく例の無い、不可解な表記法となります。それはⒷの「強作留」を本文にしてシヒザルと読む、中西進『万葉集』(講談社文庫)の場合も同様です。なぜなら、「作」字は万葉歌で、やはり清音サを表記する音仮名で、濁音ザの使用例は皆無だからです。Ⓑ「強作留(シヒザル)」が『万葉集』に例の無い表記になる点は、Ⓐ「強佐留」をシヒザルと読む際の難点と同じく一向に解消されません。

では、Ⓒ「弦作留」はどうでしょう。これはⒶやⒷの現存諸本では読むことが不可能である、と判断された末に登場した誤字説で、Ⓑの「強作留」の「強」字を「弦」字の誤りと見なすものです。この誤字説を最初に唱えた契沖《けいちゅう》は、『万葉代匠記』でツルハクルの訓を示しましたが、それでは、ツルハクルワザヲと八音節の字余りになってしまい、これは句中に単独母音(ア・イ・ウ・エ・オ)を含まないので、字余りの許される基本的な条件を満たしていません。そこで、賀茂真淵は契沖の誤字説を継承して『万葉考』でヲハグルワザヲと七音に読み直しました。ところが、『万葉集』の清濁に関する研究が進むと、「(弓に)弦を掛ける」意を表す下二段動詞は、ハグと濁音ではなく、ハクと清音であることが、明らかになりました。その結果、山田孝雄『万葉集講義』(宝文館)は、真淵のヲハグルワザヲをヲハクルワザヲに改めました。そして、稲岡耕二『万葉集全注』（有斐閣）が「山田講義にヲハクルワザヲと改定されたのが、現在までのもっとも優れた訓である」と述べるとおり、戦後の注釈書の多くが、Ⓒ「弦作留（ヲハクル）」誤字説を採用しています。ちなみに、新日本古典文学大系『万葉集』（岩波書店）は、問題の九七番歌を「（みこも刈る）信濃の真弓を引きもしないで、弦をつける方法を知るとは言わないものですのに」と現代語訳しています。

ところで、解釈を云々するよりも以前に、Ⓒの「弦作留」表記でもって、ヲハクルと読むことは本当に可能なのでしょうか。まず、「弦」をヲと読むのは次の例（傍線部）から確かめられます。

楽絃　文作弦字、奚堅反、所以張弓弩等、倭言都留、又乎　（大治本八十華厳経音義）

けれども、「作留」をハクルと読ませるのは問題があると思います。なぜなら、「作」字の訓は、「矢作部　ヤハギベ」（垂仁紀）・「作矢　ヤヲハグ」（天正一八年本節用集）の例（現在でも「矢作《やはぎ》」の名字があります）から、ハグであって、「作」字をハクと読ませる根拠はどこにも見出せません。ただし、万葉時代にハクかハグかを決定できる確たる証拠はないので、その点は慎重にならざるを得ません。しかし、「作」字がハクであったとする確証が得られぬ以上、『万葉集』でも「作」字はハグであったと考えておくほうが穏当でしょう。かつて、真淵が『万葉考』で、Ⓒ「弦作留」をヲハグルと濁音で誤って読んだ背景には「作」字はハグであるとの認識があったのでしょう。また、

近江《あふみ》のや八橋《やばせ》の篠《しの》を矢はがずて〈不造笑而〉まことあり得むや恋しきものを（巻七・一三五〇）

に見える「造」字を各注釈書が、そろってハグ（「竹に羽などをつけて矢をつくる」意で右の例では未然形のハガ）と濁って読んでいる現状も、そう読んで差支えないと判断しているからでしょう。この四段他動詞のハグは、「二つの物を接着させてつくる」意が本来で、そこから「竹に羽などをつけて矢をつくる」の意味が生まれました。現代語でも、「布をはぐ」のように、「つなぎ合わせる」意が認められます。それに対して、下二段他動詞のハクのほうは、「装着する（身につける）」意が本来で、そこから「弓に弦を張る（弓が弦を身につける）」意を生じました。したがって、ハグとハクとは本来別系統の語で、もともと清濁も対立していたものと推察されます。この点を論じたものに、池上啓［一九八九］があります。つまり、「作」字の訓がハグである以上、その清濁を無視して、「弦作留」をヲハクルと清音で読むことはできません。

そこで、古い本文であるⒶ「強佐留」を本文に据えて、シヒサルと読む、室伏秀平『万葉異見』（古川書房）の「信濃の真弓を引いてみない、それではないが、私の心を引いてみることもしないで、無理にあなたの申し出を拒否するかどうか、前もって分るとは言えませんよ」という解釈に、筆者は賛同し、間宮厚司［一九八九］で論じました。以下に、その見解を述べたいと思います。

「強」字は、『万葉集』にシフと読まれる例があり、「気持ちに逆らう・強いて…する」という意味を表します。「佐留」は音仮名として普通にサルと読みます。サルは「自分の意志で遠ざける・離す・断る」という意味が文献の上で確認できます。そこで、「強佐留」をシヒサルと読んで、「強いて断る」と解釈します。なお、この「強佐留（シヒサル）」のような表記方式、すなわち、複合動詞を〈正訓字＋音仮名〉で書いた同様の例があるのかというと、問題の歌と同じ歌群にも「弦緒《つらを》取《と》りはけ〈都良絃取波気〉」（巻二・九九）があり、普通の表記法なので、問題ありません。

それでは、九七番歌の第四句をシヒサルワザヲと読んで、その前後の歌と並べてみましょう。

①みこも刈る信濃の真弓わが引かばうま人さびて否《いな》といはむかも　禅師（巻二・九六）

②みこも刈る信濃の真弓引かずして強《し》ひさるわざを知るといはなくに　郎女（巻二・九七）

③梓弓引かばまにまに寄らめども後《のち》の心を知りかてぬかも　郎女（巻二・九八）

②の「強ひさるわざを知るといはなくに」は、①の「うま人さびて否といはむかも」に反発した句です。つまり、もし禅師《ぜんじ》が郎女《いらつめ》の気を引いたならば、郎女はお高くとまってイヤだとおっしゃるでしょうか、と勝手に決めつけたのを受けて、実際に郎女の気を引きもしないのに、郎女が強いて断る行為を禅師は知るわけがない、と巧みにやり返したのです。

問題としている②の歌意は、「あなたが私の気を実際に引きもしないのに、私が自分の気持ちに反して無理に断る（貴人ぶってイヤと言う）ことを、あなたは知るわけがない」となります。

こう解釈すれば、①の「うま人さびて否といはむかも（貴人ぶってイヤと言われるでしょうか）」と、②の「強ひさるわざを（気持ちに逆らって無理に断ることを）」とは、見事に響き合います。

さらに、②の「強ひさるわざを」と③の「引かばまにまに寄らめ」との関係は一八〇度違います。

すなわち、ここは「シヒサル（強いて無理に断る）」↔マニマニヨル（素直に身をゆだねる）」という、正反対の表現をとる形で、②と③は対応しているとみることができます。

要するに、シヒサルのシヒを「自分の気持ちにあえて逆らう」意と考え、「本心は禅師の誘いに応じたいにもかかわらず、郎女自身の気持ちに反して強いて無理に誘いを断る」と理解するのが、しっくりとした解釈になります。だからこそ、真剣に誘ってくれるなら禅師の誘いのままに素直に寄り従おうと、つまり「うま人さびて否」などとは決して言わない心中を、③の上句「梓弓引かばまにまに寄らめ」で、郎女は率直に表明するのです。ただし、③の下句では「後の心を知りかてぬかも（行く末の心がわからないなぁ）」と、続けて女性らしい不安な胸中を吐露しています。

以上、②には難訓箇所が存在するために、これまで歌全体の意味が曖昧になっていました。結局、古く信頼度の高い本文のⒶ「強佐留」を正しいものとし、これをシヒサルと読み、「強いて無理に断る」の意味で解するのが最も自然であり、かつ従来の問題点も回避されることになると考えます。

◉参考文献

池上　啓［一九八九］「4段動詞ハグ（矧）の原義について」（『作新学院女子短期大学紀要』一三号）

間宮厚司［一九八九］「『万葉集』九七番歌再考」（大野晋先生古稀記念論文集刊行会編『日本研究―言語と伝承』角川書店）

◉第13話

「鳥翔成」の読み方

▼鳥翔成あり通ひつつ見らめども人こそ知らね松は知るらむ　（巻二・一四五）

この歌は、謀反を起こしたという理由から、一九歳の若さで絞首刑にされた有間皇子の挽歌群に載録されている山上憶良《やまのうえのおくら》の一首です。ただし、その初句「鳥翔成」は難訓箇所で、現在まで定訓がありません。最初に、これまでに提出された読み方を列挙しましょう。

①トリハナル　②トリハナス　③アスカナシ　④ツバサナス　⑤カケルナス　⑥トトビナス
⑦アマガケリ　⑧トガケナス　⑨トリガヨヒ　⑩トブトリナス　⑪トブトリノ
⑫トリカケリ　⑬トリトナリ　⑭トリトブモ　⑮ツバメナス　⑯トリカヨヒ

何と、一六種類もの読み方があるのです。この問題については、間宮厚司［一九八七］で論じたことがあるので、以下に筆者の考えを述べたいと思います。ただし、一六種の説すべてを検討する

紙幅の余裕はありません。そこで比較的支持者が多い、④ツバサナスと⑦アマガケリの訓について検討を加え、その後に筆者の支持する訓、⑬トリトナリについて検証したいと思います。

まず、ツバサナス説（新旧の日本古典文学全集『万葉集』や新日本古典文学大系『万葉集』等）についてですが、「鳥翔（鳥が翔る）」の表記からツバサ（翼）を連想するという考え方に、やや飛躍があるでしょう。それよりも、そもそもツバサナスアリガヨヒツツでは、比喩として成り立たないと思います。なぜなら、「翼のように常に通う」（「…なす」は「…のように」の意）を比喩とする見方にどうしても違和感を持たざるを得ないからです。ツバサは、飛行する際に必要な部分の名称であり、その「翼」を「通う」と関連づけるのは、いくら和歌の世界の表現だからとは言え、溝が大き過ぎるでしょう。例えば、「鳥が翔ぶように（飛行して）常に通う」ならば、比喩として理解できます。しかし、「翼のように常に通う」では、表現として、どうしても腑に落ちません。

次に、アマガケリ説（新潮日本古典集成『万葉集』や伊藤博『万葉集釈注』等）を検討します。アマガケリはツバサナスと並んで有力視されている魅力的な訓の一つです。アマガケリと読む根拠は、山上憶良の長歌「好去好来歌」の中で、次のように天空を霊魂が飛行するさまを「天翔《あまがけ》り」と歌っているからで、そこから同じ憶良の「鳥翔成」もアマガケリで読もうとするものです。

…ひさかたの天のみ空ゆ　天翔《あまがけ》り〈阿麻賀気利〉見渡したまひ…　（巻五・八九四）

しかし、なぜアマガケリを「鳥翔成」と表記したのでしょうか。これは当然出てくる素朴な疑問と言えましょう。「鳥」字はアマとは読めないし、「成」字も不要な文字となるところから、やはりアマガケリは相当に強引な読み方であると言わざるを得ません。仮に、アマガケリを正訓字で表記するならば、「天翔」が普通です。アマガケリ説は八九四番歌の例があったからこそ導き出された訓だと言っても過言ではなく、もしそれがなかったならば、まず思いつかない読み方だと思います。結局、アマガケリ説は意味は通るものの、表記と訓が乖離し過ぎて、受け入れられません。

それでは、トリトナリ説を最初に提唱した、大久保廣行［一九七五］の論を踏まえつつ、それが成り立つか否か、以下に述べたいと思います。

『万葉集』に、「鳥」字をトリと読ませる例は数多くあります。また、「成」字を四段動詞ナルの連用形ナリに用いた例も多数あります。よって、トリ…ナリと読むところは問題がありません。

結局、「翔」字をどう読むかです。結論から言えば、「翔」字は助詞のトで読むことができると考えます。根拠を示しましょう。まず、『万葉集』に「天飛《あまと》ぶや」を「天飛也」（巻二・二〇七）、「天翔哉」（巻四・五四三）と表記した例が見られるところから、「飛」と「翔」の両字には同じトブの訓があることがわかります。そして、「飛」字には「飛《と》羽《ば》山松《やままつ》之《の》」（巻四・五八八）や「飛《と》幡《ばた》之《の》浦《うら》尓《に》」（巻一二・三一六五）のようにトの音に当てた例が存在するので、「飛」字と「翔」字の通用から、「翔」字もトと読むことができると考えてよいでしょう。なお、トブ（飛・翔）のトと助詞のトは、どちらも上代特殊仮名遣いで同じ乙類なので、矛盾しません。

また、トブの訓をもつ「翔」字をトで読ませるのと同様の表記として、「知」字のシルをシに、「踏」字のフムをフに、「咲」字のヱムをヱに使用した例が、『万葉集』の歌に見られます。

それではなぜ、助詞のトを書き表すのに、わざわざ「翔」字を用いたのでしょうか。それは文字を通しての視覚的な面、すなわち漢字のもつ表意性を存分に利用することで、鳥が空高く飛翔するイメージを強く打ち出したかったからでしょう。それに加えて、『古事記』（景行《けいこう》天皇）に見える、「於是化八尋白智鳥翔天而向浜飛行（是《ここ》に八尋《やひろ》の白《しろ》ち鳥《とり》と化《な》り天《あめ》に翔《かけ》りて浜に向《むか》ひて飛び行《ゆ》きき）」の傍線部「鳥翔」の二文字は、「鳥翔成」の訓を考える上で極めて示唆的です。その点について、大久保廣行［一九七五］は次のように記述しますが、これはたいへん魅力的な見方だと思います。

> 景行から怖れ遠ざけられる倭建と中大兄から危険視される有間、「一つ松あせを」と松をいとおしむ倭建と結び松に祈願を込める有間、足が「たぎたぎしく」なったり「三重の勾《まがり》の如く」なったりして難渋を重ねる倭建と「草枕旅にしあれば椎の葉に盛る（2一四二）」と苦悩の旅を続ける有間など、両者をめぐる状況には共通点が少なくない。それも、とりわけ古事記に描くところの倭建像により近似しているのである。こうしたことから考えると、憶良は、悲劇の英雄倭建の最期と二重映しにすることによって、孤独悲運の貴公子有間の終焉の美的形象化をねらったのではなかったのか。生前「吾が心、恒に虚《そら》より翔り行かむ」と希っていた倭建は、死ぬことによってそれを実現したのであったが、不条理の現実に懊悩する有間の姿にその願望

を察知し、その囚われた魂の解放を図るべく、憶良は歌想を練ったのではなかったか。その象徴として「鳥」が不可欠であり、それゆえにその鳥は「白智鳥」のイメージでなければならないであろう。

以上から、一四五番歌の初句「鳥翔成」をトリトナリと読む大久保説に筆者は賛意を表します。一首の歌意は「(有間皇子は亡くなったが生まれ変わって)鳥となり(再び生き返って来て見ようと生前に心を寄せた松の所に通って来て)常に通いながら見ているだろうが、(有間皇子を偲ぶ)人々はそのことを知らないだけで松は知っているであろう」となります。

なお、時代は下るものの、「鳥となり」の句は、『千載和歌集』(一一八八年成立)など、和歌の表現として存在しているのです。

涙川うきねの鳥となりぬれど人にはえこそみなれざりけり　(千載・六七〇)

ところで、問題の一四五番歌には「山上臣憶良の追和する歌一首」という題詞が付されています。どの歌にどのような形で追和したのか、最後に言及しておきましょう。

Ⓐ岩代《いはしろ》の崖《きし》の松が枝《え》結びけむ人はかへりてまた見けむかも　(巻二・一四三)

Ⓑ岩代の野中《のなか》に立てる結び松心も解《と》けず古《いにしへ》思ほゆ　(巻二・一四四)

Ⓒ鳥となりあり通ひつつ見らめども人こそ知らね松は知るらむ　(巻二・一四五)

ⒶⒷは「長忌寸奥麻呂《ながのいみきおきまろ》、結び松を見て哀咽《あいえつ》する二首」で、この二首に追和したのが、Ⓒの歌です。

まず、Ⓒの上三句「鳥となりあり通ひつつ見らめども」は、Ⓐの下二句「人はかへりてまた見けむかも」に照応させたものでしょう。なぜなら、「人」（有間皇子）は生前に、

岩代《いはしろ》の浜松が枝《え》を引き結びま幸《さき》くあらばまたかへり見む　（巻二・一四一）

と歌っており、当然ⒶもⒸも右の歌を踏まえているはずです。その上で憶良は、有間は死んだが、鳥に成り変わって心を寄せていた結び松のある場所に常に通いながら、その松を見ているだろう、と歌ったものと察せられます。次に、Ⓒの「人こそ知らね松は知るらむ」は、Ⓑの「心も解けず古思ほゆ」を受けたものでしょう。すなわち、皇子を偲んで悲しむ人々に向けて、「皇子は鳥に姿を変えて帰って来ているが、それに人々は気づいていない。しかし、かつて皇子と心を通わせた松は鳥が皇子であると知っている」と安心させ、諭すかのように呼びかけているのでしょう。さらに、Ⓐの「結びけむ…見けむ」の三句と結句にある二つの過去推量ケムと、Ⓒの「見らめ…知るらむ」の三句と結句にある二つの現在推量ラムは、憶良が意図的に響き合わせたものだと思います。

以上、総合的に見て、トリトナリは最も無理の少ない読み方だと言えるでしょう。

◉参考文献

間宮厚司［一九八七］「難訓歌「鳥翔成」（万葉集一四五番）について」（『学習院大学上代文学研究』一二号）
大久保廣行［一九七五］「初期憶良の方法―「鳥翔成」の訓をめぐって―」（『国文学・言語と文芸』八一号）

◉第14話
「已具耳矣自得見監乍共」の読み方

▼みもろの三輪《みわ》の神杉《かむすぎ》已具耳矣自得見監乍共寝《い》ねぬ夜ぞ多き

（巻二・一五六）

右の歌の傍線部「已具耳矣自得見監乍共」の一〇文字については、新日本古典文学大系『万葉集』（岩波書店）が、「第三・四句は解読不可能。諸説種々あるが、未だ従うに足るものはない。訓を付さないでおく」と記すように、難訓箇所になっており、難問です。

この歌は、題詞に、「十市皇女《とおちのひめみこ》が亡くなった時に、高市皇子尊《たけちのみこのみこと》が作られた歌三首」とある、その第一首。そして、第三首（一五八番歌）の左注に、「『日本書紀』には「（天武天皇）七年四月七日、十市皇女が急に発病して宮中で亡くなった」とある」という記述が見られます。十市皇女の死因については、三輪の神の祟り説や自殺説などがあるものの、いずれも根拠薄弱で憶測に過ぎません。

なお、十市皇女の歌は『万葉集』に見えず、高市皇子の歌は一五六～一五八の挽歌三首のみです。

かつて筆者は、「已具耳矣自得見監乍共」の読み方と一首の解釈について、間宮厚司〔二〇〇〇〕で論じました。その概要を最初に述べておきたいと思います。

問題の一五六番歌の第三句は「已具耳矣」までと考え、これに誤字が二字あったと見なし、本文を「四具耳奠」に改めて、ヨソノミニと読みます。第四句の「自得見監乍共」は最後の「共」字の位置を移動させ、「自得共見監乍」に変えた上で、アナウトミツツと訓じます。その結果、一首は、

　みもろの三輪《みわ》の神杉《かむすぎ》外《よそ》のみにあな憂《う》と見つつ寝《い》ねぬ夜ぞ多き　（巻二・一五六）

と、読まれることとなります。上二句の「みもろの三輪の神杉」については、新編日本古典文学全集『万葉集』（小学館）が、「恐らく第三句以下を起す序であろう」というのが当を得ていると思います。そして、歌意は、「三輪山の神々しい杉のように（容易に近寄り難いあなたを）、ただ遠く離れた所からあぁ辛いと思いながら眠れぬ夜が多かったなぁ」と、昔の気持ちを回想した歌として解釈します。この私訳で、「容易に近寄り難いあなたを」と括弧内に補った理由は、神の依りましの木の代表である神聖な三輪の杉に手を触れると罰が当たると信じられていたことを考慮したものです。そのことは、次の万葉歌を見れば理解できます。

　味酒《うまさけ》を三輪の祝《はふり》が斎《いは》ふ杉手触《てふ》れし罪か君に逢《あ》ひがたき　（巻四・七一二）

　→（味酒を）三輪の神官が大切に崇め祭っている神木の杉、その杉に触れた罰でしょうか、あなたに逢うことが難しいのは。

以上が筆者の見解の骨子です。以下に論証を行います。

第三句にヨソノミニの句が来るのがふさわしいと考える根拠は、『続千載和歌集』（一三二〇年）に、「よそにのみ三輪の神杉」で始まる歌が存在するからです。

よそにのみ三輪の神杉いかなれば祈るしるしのなき世なるらむ　（続千載・一一三二）

平安時代以降は右の例のように、ヨソニノミです。次に『古今和歌集』の例を示しましょう。

よそにのみあはれとぞ見し梅の花飽かぬ色香は折りてなりけり　（古今・三七）

ところが、『万葉集』では「余曾尓能美《よそにのみ》」（巻二〇・四三五五）という唯一の例外（この歌は「能《の》美《み》」の「美《み》」が上代特殊仮名遣いの乙類であるべきところなのに、甲類になっている点も異例）を除き、これ以外は「余曾能未尓《よそのみに》」（巻一九・四二六九）のように八例すべてが、ヨソノミニです。筆者は、ヨソについて「四具→已具」の誤写があったと考えますが、この誤字説は澤瀉久孝『万葉集注釈』（中央公論社）にすでに指摘があります。けれども、『万葉集注釈』では「四具→已其」の二字の誤写を推定し、「四其」を原形と考えてヨソと読んでいます。しかし、「具」の字には「具《そ》穂船乃《ほぶねの》…本《もと》葉裳具世丹《はもそよに》」（巻一〇・二〇八九）や「真福在与具《まさきくありこそ》」（巻一三・三二五四）などの表記例から、「具」そのままで（上代特殊仮名遣いの点からも乙類で問題なく）ソと読めます。なるべく誤字を想定しないほうが無難ですから、ここは「四具」でヨソと読むのがよいでしょう。さてそうすると、「四具耳矣」でヨソノミニと読めるのか、ということになります。「耳」字は、「恋耳二《こひのみに》」（巻三・三七二）

や「花耳尓《はなのみに》」（巻八・一四六三）で、副助詞ノミに使用されています。「矣」字は、「粟嶋矣《あはしまを》」（巻三・三五八）のように、助詞ヲに用いられ、助詞ニには用いられません。また、「四具耳矣」をヨソノミヲと読むのは、『万葉集』にヨソノミヲの例は無く、後に検討する第四句とのつながり具合からも極めて考えにくい訓です。そこで筆者は、「矣」字を「耆」字の誤字と考えます。両字の字形は古写本で近似するものがあり、誤写の可能性はあるように思います。『日本名跡大字典』（角川書店）から示しましょう。

矣（藍紙万葉九） 　耆（金澤万葉四） 

「耆」字には、助詞ニを表記した「常処女耆手《とこをとめにて》」（巻一・二二）の例があります。

以上の検討から第三句の「已具耳矣」を「四具耳耆」に改めて、ヨソノミニと読みます。

続いて、第四句「自得見監乍共」です。これは最後の「共」字を移動させ、「自得共見監乍」に変えます。この大胆な変更は難訓歌ゆえの処置です。ただ、平安時代の古写本『類聚古集』の本文を見ると、「共」字は当初書き落とされ、後に右側に書き添えられた形になっています。

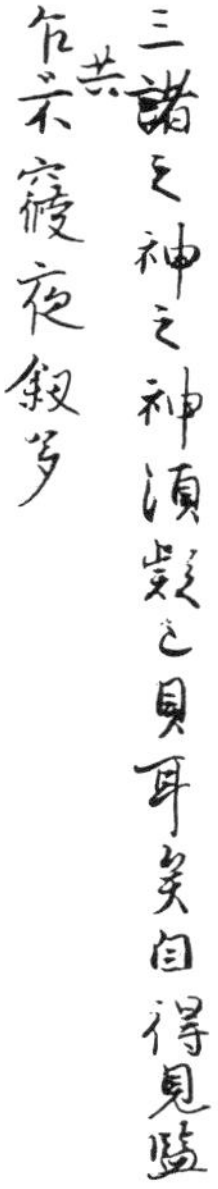

これは単純な書き落としなのか。それとも「共」字がここに入ると読めなくなると躊躇した痕跡なのか。『類聚古集』は、この一五六番歌に訓を付していないので、どう読んだのか不明で何とも言えません。しかし、ここでは本文を「自得共見監乍」に直して、論を進めることにします。

「自」字には「自妻跡《おのづまと》」（巻四・五四六）などからオノの訓が認められます。また、オノの訓のある「己」字を『日本書紀』で「大己貴（オホアナムチ）」と読ませる例が見え、これはオノとアナが母音交替（o→a）の関係にある証拠で、それと同様に「自」字もアナと読むことにします。

「得」字は「得飼飯《うけひ》」（巻四・七六七）の例からウと読んで、「自得」でアナウと読むことにし、

　しかりとて背《そむ》かれなくに事しあればまづ嘆かれぬあな憂《う》世の中　（古今・九三六）

の『古今和歌集』など和歌に散見されるアナウ（感動詞アナ＋形容詞憂シの語幹ウ）と考えます。

「共」字は、「鶩与高部共《をしとたかべと》」（巻三・二五八）や「吾共咲為而《あれとゑまして》」（巻四・六八八）のように助詞トに当てた例があるので、「自得共」をアナウトと読むことになりますが、このアナウトと同じく、〈感動詞アナ＋形容詞の語幹＋助詞ト〉で「あぁ心無いと」の意を表す例が万葉歌に見られます。

　ある人のあな心無《な》と〈痛情無跡〉思ふらむ秋の長夜を寝覚《ねざ》め伏すのみ　（巻一〇・二三〇二）

なお、『古今和歌集』にはアナウトの例があり、和歌の表現としてあり得る句だと了解されます。

　取りとむるものにしあらねば年月をあはれあな憂と過ぐしつるかな　（古今・八九七）

最後に、「あな憂と」に続く「見監乍」の読み方を考えましょう。ここは「見監」の二文字で、

動詞ミル（見）を表記したものと考えます。根拠は、動詞ウツロフ（移）を「移《うつろひ》尓《に》家《け》里《り》」（巻三・四七八）と「変《うつろひ》安《やす》寸《き》」（巻四・六五七）と「移変《うつろふ》色《いろ》登《と》」（巻七・一三三九）で書いた例があり、動詞サワク（騒）にも「河《かは》津《づ》者《は》驟《さわく》」（巻三・三二四）と「味《あぢ》村《むら》驂《さわき》」（巻四・四八六）と「驟驂《さわく》舎人《とねり》者《は》」（巻四・四七八）で書いた例があるのです。これは□字と△字のそれぞれが単独で表記した動詞を□△字でも書いているのです。つまり、動詞ミルの場合も「見」と「監」の各字で表記した例が『万葉集』にあるので、この二字を重ねた「見監」でミルを書く可能性は、ウツロフやサワクの場合と同様にあり得ます。

そして、「見監」に続く「乍」字については「振《ふり》放《さけ》見《み》乍《つつ》」（巻二・一五九）や「監《み》乍《つつ》将偲《しのはむ》」（巻七・一二七六）など、ツツと読む例が多くあります。よって、「見監乍」をミツツと読みます。これは第三句ヨソノミニからの続き方からも文脈上よく適合します。なぜなら、ヨソノミニ…ミツツの例が、『万葉集』に三首（巻一〇・一九九三、巻一二・二九八三、巻一五・三六二七）あるからです。

以上から、難訓箇所となっている第三・四句「四具耳賚　自得共見監乍」はヨソノミニアナウトミツツと読む結論に達しました。

◉参考文献

間宮厚司［二〇〇〇］「『万葉集』一五六番歌の訓解」（法政大学国文学会『日本文学誌要』六二号）

◉第15話
「面智男雲」の読み方

▼燃ゆる火も取りて包みて袋《ふくろ》には入《い》るといはずや面智男雲　（巻二・一六〇）

この歌は、天武天皇崩御の折に妻の持統天皇が詠んだ挽歌です。ただし、結句の「面智男雲」に関しては、いくつかの説があるものの、難訓箇所で定訓がありません。そこでここでは、間宮厚司［一九九九］で論じた「面智男雲」の訓読と解釈について、筆者の見解を述べたいと思います。

本論に入る前に、どこまでが第四句なのかという問題があります。それは、第五句の「面」字を第四句に付けて、第四句を「入燈不言八面」と考え、「入るといはずやも」と読む、新編日本古典文学全集『万葉集』（小学館）や新日本古典文学大系『万葉集』（岩波書店）の説もあるからです。

けれども、「八面」で「やも」の表記になるのは、「めやも〈目八面〉」（一九八五・二二五五・二八三五・二八七〇・二八九一・二九〇四番歌のいずれも結句）という文字連続の場合に限られ、全例が

「目八面」の三文字セットになっています。これは偶然でしょうか。そうではないでしょう。「面」字は「顔」の意を表すので、顔の中にある「目」と（「八」字を間に挟んでいるが）意識的に組み合わされた表記であると推察されます。したがって、「面」字は第五句に入れるのが妥当な処置ということになりましょう。以下、結句「面智男雲」の読み方を考えたいと思います。

「面智男雲」のうち、『万葉集』における一般的な使用例（実例のある読み方）から、「面」字はオモ、「男」字はヲ、「雲」字はクモと読むことができます。

そして、最後に残った「智」字は、『万葉集』では、音仮名チとして専用されている文字です。しかし、オモチヲクモと読んでも意味がとれません。そこで「智」字は、結句の他の三文字「面」「男」「雲」と同様に訓字で、シルと読むのがよいと考えます。そう読む根拠は、平安末期の辞書『色《いろ》葉《は》字類抄《じるいしょう》』のシルの項に「智」字が掲載されているのに加え、中国の後漢末の字書『釈名』に「智、知也」とあるように、「知」と「智」の両字は通用する場合が少なくないからです。

以上から「面智男雲」は、オモシルヲクモと読み得るとの結論に至ります。

オモシルを含む歌は、『万葉集』に次の二首があるので、示しましょう。

Ⓐ雷《かみ》のごと聞こゆる滝の白波の面《おも》知る君が〈面知君之〉見えぬこのころ　（巻一二・三〇一五）

Ⓑ水茎の岡の葛葉《くずは》を吹き返し面知る児らが〈面知児等之〉見えぬころかも　（巻一二・三〇六八）

ⒶⒷ共に第三句までは、第四句のオモシルを導く序詞です。文脈からオモシルの語義は、「面影

が忘れられない」が一番しっくりします。しかし、動詞「知る」から、そういう意味を導き出すのは、相当に苦しいと思います。新日本古典文学大系『万葉集』（岩波書店）は、Ⓐの歌の脚注で、▽上三句は「白波」のシラから「面知る」のシルを起こす序詞であるとともに、「水茎の岡の葛葉を吹き返し面知る児らが見えぬころかも（三〇六八）」の例に似て、白波の目に立つ印象から「他の人にまがはず、著るくみゆる君」（略解所引本居宣長説）を導く。

と記しています。この指摘を考慮して、オモシルを「面知」ではなく「面著」と考えてみましょう。シルは形容詞シルシ（著）の語幹に相当するもので、シルシは「はっきりと感じられる状態」の意を表します。そう考えれば、オモシル（面著）は「面影がありありと眼前に浮かんでくる」という意味になります。オモシルヲのヲは文字通り、「男」の意です。『万葉集』におけるヲ（男）は上接する語を必ず伴って「…ヲ（男）」の語形をとります。オモシルヲも、〈名詞オモ（面）＋形容詞シルシの語幹シル（著）＋名詞ヲ（男）〉という語の構成ですから、万葉歌の「…ヲ（男）」の形に合致します。最後のクモについては、「雲」の文字を利用して「来《く》も」〈動詞の終止形＋助詞モ〉を表記したものと考えれば、「やって来ましたよ」という詠嘆表現で解釈できます。

以上を踏まえて、問題の一首を読み下すと、次のようになります。

燃ゆる火も取りて包みて袋《ふくろ》には入《い》るといはずや面著男来《おもしるをく》も　（巻二・一六〇）

歌意は「燃えている火も取って包んで袋に入るというではないか。（そのように不可能と思えることでも可能にする術が世の中にあるのだから、ほら）面影がはっきりと思い出されて仕方がない（脳裏に焼きついてどうしても忘れられない）方（亡くなった夫の天武天皇）が、（奇跡が起こり）やって来ましたよ」となります。初句から第四句までは、通常では到底考えられない超自然的な現象を歌っています。ですから、それと同じように、普通ではあり得ないことですが、亡くなった天皇が甦って現れたのですよ、という前後関係でこの一首は成立していると理解できます。

ところで、問題の一六〇番歌は、「天皇崩之時、大后御作歌一首（天武が崩御した時に、持統が作られた歌一首）」と題された、次の長歌（一五九番）の第一反歌に当たります。

やすみしし我《わ》が大君《おほきみ》の　夕《ゆふ》されば見《め》したまふらし　明《あ》け来《く》れば問《と》ひたまふらし　神岳《かみをか》の山の
黄色《もみち》を　今日《けふ》もかも問ひたまはまし　明日《あす》もかも見《め》したまはまし　その山を振り放《さ》け見つつ
夕《ゆふ》さればあやに哀《かな》しみ　明け来ればうらさび暮らし　あらたへの衣《ころも》の袖《そで》は　乾《ふ》る時もなし
（巻二・一五九）

↓（やすみしし）我が大君が、夕方になるとご覧になっているに違いない、夜が明けると訪れられているに違いない、あの神岳の山のもみじを、今日にでも訪ねられようものを、明日にでもご覧になろうものを、その山をはるかに見ながら、夕方になるとどうしようもなく悲しくなり、夜が明けると淋しく日を暮らし、（あらたへの）藤衣の喪服の袖は乾く間もない。

右の長歌の前半部では、助動詞ラシを二つ用いることで、今も天武の御霊が確実に存在する表現の形をとっています。ところが、その後では、助動詞マシを同じく二つ使用することで、もし生きていたならばと歌うのです。この確信推定ラシと反実仮想マシを、前半と後半とで使い分けた点に関して、旧編日本古典文学全集『万葉集』（小学館）は、頭注で次のように解説しています。

ラシとマシの二種類の助動詞を使って、一方では霊魂の不滅を信じながらも、また現身としての天皇を思い描かずにはいられない大后（持統）の心情が、前後で分裂し、それが長歌の構造にそのまま反映している。

では、長歌との対応関係がどうなっているのか、反歌二首を並べてみましょう。

①燃ゆる火も取りて包みて袋《ふくろ》には入《い》るといはずや面著男来《おもしるをく》も　（巻二・一六〇）

②北山にたなびく雲の青雲《あをくも》の星離《はな》れ行く月を離れて　（巻二・一六一）

①のほうは「面影がありありと目に浮かんで忘れられない夫が来ましたよ」という内容で、長歌の「夕方になるとご覧になっているに違いない、夜が明けると訪れられているに違いない」（確実に存在している気持ちを表現するラシ）に対応しています。それが②では「いよいよ雲が星や月を離れる、そのように天武は持統や皇子達を置いて去って行かれた」という内容で、②のほうは長歌の「今日にでも訪ねられようものを、明日にでもご覧になろうものを」（去り行くことを受け入れて、もし生きていたらという気持ちを表現するマシ）に対応し、①で現れた夫を、ついにとどめることがで

きなくなったと悲しんで歌っています。つまり、霊魂がまだ近くにとどまって現れるのを信じている段階（①）と、いよいよ去り行く別れの段階（②）を、長歌におけるラシとマシに対応させるべく、①と②の反歌二首は意図的に創作・配置されたものと認められるのです。要するに、問題の①は、崩じられた天武天皇が通って来ているのだという強い思いを反歌でも歌うがために、奇跡の実現をその前提に設定したのでしょう。しかも、不思議な術が本当にある事実を、「入るといはずや（入るというではないか）」という反語表現でもって、確認させる形で言い切った後に「亡夫が来ているのですよ」と確信して歌うのです。現実はそうでなくとも。それとは逆に「火は袋に入らない」ならば、「（そのような奇跡は起こらず）亡き夫にも会えない」となるのが自然なつながりでしょう。わざわざ無理だと思われることができるではないかと歌う以上は不可能が可能となるのだ、となるはずであって、むしろそのほうが首尾一貫した順当な続き方だと思います。

以上、オモシルヲクモは文字に即した素直な読み方で、なおかつ「面著《おもしる》」も「男《を》」も「来《く》も」も、『万葉集』に見られる語で、無理がありません。しかも、長歌と反歌の間の緊密な関係から見ても妥当な歌意になるものと考えられます。

◉参考文献

間宮厚司［一九九九］「『万葉集』一六〇番歌の訓解」（法政大学国文学会『日本文学誌要』六〇号）

◉第16話
「風尓乱而」の読み方

▼梅の花枝にか散ると見るまでに風に乱れて〈風尓乱而〉雪そ降り来る　（巻八・一六四七）

この歌は、新日本古典文学大系『万葉集』（岩波書店）で、「梅の花が枝のあたりに散るのかと見るほどに、風に吹き乱されて雪が降ってくる」と現代語訳されています。

さて、ここで問題にしたいのは、傍線を付した第四句の原文「乱」字の読み方です。

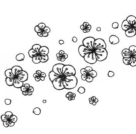

万葉歌に見られる動詞マガフと、その名詞形マガヒの例を確認すると（すでに本書の第1話でも指摘しましたが）、「梅の花散りまがひたる」（巻五・八三八）、「もみち葉の散りのまがひは」（巻一五・三七〇〇）、「降りまがふ雪につどへる」（巻三・二六二）などのように、マガフと歌われる対象は「花・葉・雪」に限定され、かつ「散る・降る」と必ず併用されているのです。

要するに、マガフの例には小片のものが散ったり、降ったりする例しかありません。問題の歌の第四句の原文「乱」字を、万葉集テキストは、すべてカゼニミダレテと読んでいます。それは次のように、風とミダル（乱）の語が一緒に使用されている万葉歌があるからなのかも知れません。

青柳《あをやぎ》の糸の細《くは》しさ春風に乱れぬい間《ま》に見せむ児もがも　（巻一〇・一八五一）

↓青柳の枝垂れた枝の細く美しいことよ。春風に乱れてしまわない間に見せたい人がいたらなあ。

我《わ》がかざす柳の糸を吹き乱る風にか妹《いも》が梅の散るらむ　（巻一〇・一八五六）

↓私が髪に挿している柳の糸を吹き乱す風で、いとしい妹の髪に挿してある梅も散っていることだろうか。

ミダルは、髪や柳など糸状の物が乱れる際に使用される動詞です。その点、右の二首は、乱れる対象が糸状の「柳の糸」なので、問題ありません。

しかし、冒頭の歌の場合は、「花…散る」「雪…降る」の文脈で、「乱」の対象は「花」や「雪」です。したがって、「風に乱れて」は、「風にまがひて」に改訓すべきだと考えます。

このように問題の「風尓乱而」を、カゼニマガヒテと訓じることに関しては、『春日政治著作集〈第五冊〉万葉片々』（勉誠社）所収「万葉集と古訓点」（一二九頁）にすでに指摘があります。筆者はその説に賛成です。ちなみに、平安時代の『古今和歌六帖』に見られる、次の「風にまがひて」の句は、ここで問題にしている「風尓乱而」の読み方を考える上で、非常に参考になります。なぜなら、問題の歌と共通する「風・雪・花・まがふ・降る」の語を読み込み、問題の歌と同じく、雪を花に見立てた内容になっているからです。

木の間より風にまがひて降る雪は春来るまでは花かとぞ見る　（古今六帖・七〇五）

改訓することで、次に示す問題のⒶ歌（巻八・一六四七）とⒷ歌（巻五・八四四）は、類歌の関係になると筆者は考え、間宮厚司［二〇〇七］で論じました。ⒶⒷ両歌を並べてみましょう。

Ⓐ梅の花枝にか散ると見るまでに風にまがひて〈風尓乱而〉雪そ降り来る　（巻八・一六四七）

Ⓑ妹が家《へ》に雪かも降ると見るまでにここだもまがふ〈麻我不〉梅の花かも　（巻五・八四四）

Ⓐは雪を白梅の花にたとえ、Ⓑは白梅の花を雪にたとえるという違いはあるものの、それぞれの歌に「梅の花・雪降る・見るまでに・まがふ」という共通の語句が含まれています。よって、ⒶⒷ両歌は類歌と認めてよいと思います。いやむしろ類歌であるからこそ、Ⓐは「降雪を落花と見る」のに対して、Ⓑは「落花を降雪と見る」というように、あえて花と雪の視点を変えて詠じたと見ることもできましょう。しかも、Ⓐは「風にまがひて」、Ⓑは「ここだもまがふ」と歌います。これは他の万葉歌が、次に示すように、複合動詞「散りまがふ」「降りまがふ」や助詞「の」を介して「散りのまがひ」のように「まがふ」が「散る・降る」と連接しているのと相違します。

梅の花散りまがひたる岡びにはうぐひす鳴くも春かたまけて　（巻五・八三八）

…平布の崎花散りまがひ…　（巻一七・三九九三）

秋山に落つるもみち葉《ば》しましくはな散りまがひそ妹があたり見む　（巻二・一三七）
矢釣山木立《やつりやまこだち》も見えず降りまがふ雪につどへる朝楽《あした》しも　（巻三・二六二）
…下枝に残れる花は　しましくは散りなまがひそ…　（巻九・一七四七）
…もみち葉の散りまがひたる…　（巻一三・三三〇三）
あしひきの山下光るもみち葉の散りのまがひは今日にもあるかも　（巻一五・三七〇〇）
世の中は数なきものか春花《はるはな》の散りのまがひに死ぬべき思へば　（巻一七・三九六三）
…もみち葉の散りのまがひに…　（巻二・一三五）
秋萩の散りのまがひに呼び立てて鳴くなる鹿の声の遥《はる》けさ　（巻八・一五五〇）

つまり、マガフの上に「散る・降る」が接していないのは、ⒶⒷ両歌のみの共通点です。また、Ⓐは、Ⓐの二首前にある、降る雪を散る白梅の花とつい見間違えたと詠じる次の歌と同じ発想です。

我がやどの冬木の上に降る雪を梅の花かとうち見つるかも　（巻八・一六四五）

一方、白梅の花が散る様を雪が降る様にたとえるⒷは、Ⓑの五首前の歌と内容が類似しています。

春の野に霧立ちわたり降る雪と人の見るまで梅の花散る　（巻五・八三九）

推察するにⒶとⒷは、その数首前に位置する歌をそれぞれ踏まえたものと思われます。踏まえたがゆえに、ⒶとⒷは降る雪と散る白梅の花を逆にたとえる類歌になったのではないでしょうか。

では次に、新日本古典文学大系『万葉集』（岩波書店）等で、ミダルで読まれてきた「乱」字の中に、ミダルからマガフに改訓すべき例（①②）があるので、一首ずつ検討したいと思います。

①阿《あ》保山《ほやま》の桜の花は今日もかも散りまがふ〈散乱〉らむ見る人なしに　（巻一〇・一八六七）

この歌の第四句は、「散り乱るらむ」と読むテキストが目立ちます。けれども、ここは桜の花が散る様子を歌っている（花が乱れると歌う例は無い）のだから、新旧編日本古典文学全集『万葉集』（小学館）の「散りまがふらむ」の訓がふさわしいでしょう（花が散りまがふ例はあります）。ミダルの語義は、『時代別国語大辞典・上代編』（三省堂）に、「柳・葦・こも・菅・稲・尾・髪・緒・解衣など糸状をなすものについていうことが多い」という解説からも、①を「散り乱るらむ」と読むのは桜の花は糸状でないので、不適切な読み方となります。それでは、次の歌はどうでしょうか。

②川の瀬の激《たぎ》ちを見れば玉かも散りまがひたる〈散乱而在〉川の常《つね》かも　（巻九・一六八五）

この歌の第四句は、どの注釈書も「散り乱れたる」で読んでいます。歌意は、「川の瀬の激流を見ると玉が散っているのだろうか。それともこの景色は川のいつものことなのだろうか」で、多数の小さい粒状の玉が空中を飛散している様を歌っています。ならば、「乱」の対象は「玉」ですが、「花・葉・雪」と同様に捉えることができ、マガフで読む条件を満たしていると考えられましょう（「散りまがひ」の確実な例はありますが、「散り乱れ」の確例はありません）。なお、②の歌には「泉河《いづみがは》の辺《ほとり》にして間人宿祢《はしひとのすくね》の作りし歌二首」という題詞があり、次の③の歌がその第二首です。

③彦星《ひこほし》のかざしの玉し妻恋《つまごひ》に乱れにけらし〈乱祁良志〉この川の瀬に　（巻九・一六八六）

こちらの歌の場合には「散る」の語もなく、かざしの玉が妻恋のために乱れたので、マガフとは読めません。それは次の④の歌も同じで、恋心や思いの乱れを表現する場合には、ミダルが適切な訓になります。

④こもりくの初瀬《はつせ》娘子《をとめ》が手に巻ける玉は乱れて〈玉者乱而〉ありと言はずやも　（巻三・四二四）

右の歌の場合も「散る」という語が見えないので、「玉は乱れて」で問題ありません。新編日本古典文学全集『万葉集』（小学館）の頭注には、「玉は魂を匂わし、その心が錯乱していることを暗示するか」とあります。玉が乱れるという表現は、心（魂）が乱れることにつながるのでしょう。

以上、①②について、「ミダル→マガフ」の改訓を提唱しました。

ここでは、これまで類歌とは認められずにいたⒶとⒷ歌のうち、Ⓐの読み方を改めることで、ⒶとⒷが類歌になるということについて述べました。つまり、Ⓐの第四句は従来、「風に乱れて」と読まれていたために、Ⓑと類歌であるとの指摘はされませんでした。けれども、ここは『万葉集』におけるマガフの用法から「風にまがひて」と改訓すべきで、そうすることにより、ⒶⒷは明らかに類歌の関係になるという見解です。

◉参考文献

間宮厚司［二〇〇七］「万葉類歌比較研究（続）」（『法政大学文学部紀要』五四号）

◉第17話

「心異」の読み方

▼あからひく肌も触れずて寝たれども心を異《け》には〈心異〉我が思はなくに　（巻一一・二三九九）

この歌は柿本人麻呂歌集に採録されている一首で、新日本古典文学大系『万葉集』（岩波書店）は、「ほんのりと赤い膚にも触れないでひとりで寝たけれども、あだな心を私は抱いていないことです」と通釈しています。最初に問題の所在を確かめるために、稲岡耕二『万葉集全注』（有斐閣）の当該歌における「注」（一三八頁）の記述を引用します。

○心を異には我が思はなくに　第四句「心異」は紀・西などの古写本にココロニコトニと訓まれていたが、代匠記（精）にココロヲケニハと改訓。考にココロニケシク、古義には「異心」の誤りとしてケシキココロヲと訓んだ。以後の注釈書にはケシキココロヲ（新考・茂吉評釈）、ココロヲケシク（新訓・全釈・全註釈・窪田評釈・佐佐木評釈・古典大系・講談社文庫）、ココロヲ

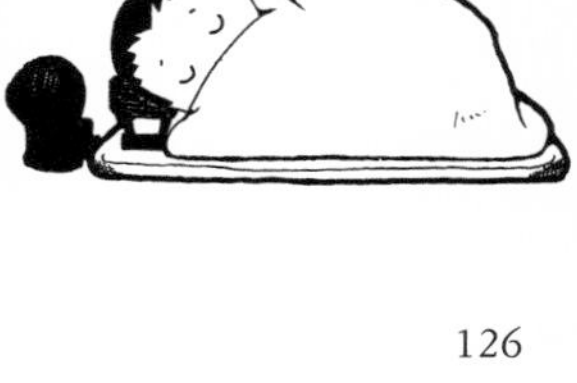

ケニハ（私注・注釈・古典文学全集・古典集成・新全集・釈注）というように三通りの訓が見られる。そのうちケシキココロヲは原文「心異」の順序では無理な訓で従えない。またココロヲケシクは、注釈も指摘するとおりケシクの例を他に見ないから採れない。ココロヲケニハワガオモハナクニが妥当な訓と判断される。古体歌。

この解説から、第四句の読み方に問題のあることがわかります。筆者は、間宮厚司［二〇〇七］で第四句について考察しました。筆者が支持する訓は、右の中で、「ケシキココロヲは原文「心異」の順序では無理な訓で従えない」と否定された『古義』の唱えるケシキココロヲです。その結論に至った経緯を、以下に述べることにします。冒頭の歌は、次の三首と類歌の関係にあります。

Ⓐ韓衣《からころも》裾《すそ》のうちかへ逢はねども異《け》しき心を〈家思吉己許呂乎〉我《あ》が思《も》はなくに〈安我毛波奈久尒〉　（巻一四・三四八二）

Ⓑはろはろに思《おも》ほゆるかも然《しか》れども異《け》しき心を〈異情乎〉我《あ》が思《も》はなくに〈安我毛波奈久尒〉　（巻一五・三五八八）

Ⓒあらたまの年の緒《を》長く逢はざれど異《け》しき心を〈家之伎己許呂乎〉我《あ》が思《も》はなくに〈安我毛波奈久尒〉　（巻一五・三七七五）

これらⒶ〜Ⓒは、三首とも第三句に逆接確定条件句を構成する接続助詞ド・ドモが来て、第四句〜第五句はいずれの歌も、ケシキココロヲアガモハナクニで完全に一致しています。ならば問題の歌も、第三句に「寝たれども」と、類歌Ⓐ〜Ⓒと共通する逆接のドモがあるところから、下の句もⒶ〜Ⓒと同じ表現のケシキココロヲアガモハナクニが来ると推考するのが自然でしょう。

確かに、「心異」表記ではケシキココロヲと読むことはできません。そこで、本来は「異心」表記であったと考えます。根拠は、古写本間で「□△」表記が「△□」表記に文字転倒している例があるからです。『万葉集』の研究は、全二〇巻揃った『西本願寺本』を底本にして、それを他の古写本と比較しつつ、本文を決定します。その際、『西本願寺本』の「□△」を別の古写本を参考にして、「△□」に改めた場合がありますので、それを新編日本古典文学全集『万葉集』（小学館）の「校訂付記」を参照し、列挙してみましょう。下の〈 〉内が文字転倒を認めた決定本文です。

西本願寺本〈弥高良思珠〉→元暦校本〈弥高思良珠〉（巻一・三六）
西本願寺本〈道引麻志遠〉→広瀬本〈道引麻遠志〉（巻五・八九四）
西本願寺本〈尓師弖〉→元暦校本〈尓弖師〉（巻六・九七七）
西本願寺本〈妹所等〉→元暦校本〈妹等所〉（巻七・一一二一）
西本願寺本〈見遣将〉→元暦校本〈見将遣〉（巻一〇・一八九七）
西本願寺本〈梶之声〉→藍紙本〈梶声之〉（巻一〇・二〇七二）
西本願寺本〈吹毎〉→元暦校本〈毎吹〉（巻一〇・二〇九六）
西本願寺本〈舌百鳥〉→類聚古集〈百舌鳥〉（巻一〇・二一六七）

西本願寺本〈将手枕〉↓元暦校本〈手将枕〉（巻一〇・二二七七）
西本願寺本〈音尓耳〉↓嘉暦伝承本〈音耳尓〉（巻一一・二六五八）
西本願寺本〈無時〉↓元暦校本〈時無〉（巻一二・三〇八八）
西本願寺本〈有将等〉↓元暦校本〈有等将〉（巻一三・三三二九）
西本願寺本〈跡立而居〉↓元暦校本〈跡而立居〉（巻一三・三三四四）

こうした古写本間の文字転倒例を見れば、「異心↓心異」に書き間違える可能性はあるでしょう。ただし、問題の歌の場合は、古写本間で一致して「心異」であり、「異心」と書かれた写本は存在しません。しかし、例えば三二八〇番歌の場合、古写本間で一致した「立留待」を「立待留」の文字が転倒したものと諸注釈書が認めた上で、「立ち待てる」と読んでいます。その点に関して、新日本古典文学大系『万葉集』（岩波書店）は、脚注で「諸本の原文は「立留待」とあるが、「立待留」の文字の転倒とする『新考』の説に拠って「立ち待てる」と訓む」と解説しています。

以上を考慮して、「心異」を「異心」に改め、ケシキココロヲと読むことにします。

それから問題の歌は、結句が「我不念」表記であるため、多くのテキストがワガオモハナクニと読んでいますが、ここは類歌Ⓐ～Ⓒの仮名書き例に合わせて、アガモハナクニと読むべきです。

それでは、近年の多くの注釈書が採用するココロヲケニハの訓が成り立つか、検討してみます。ケニ（異）は形容動詞「異《け》なり」の連用形が副詞化したものです。『時代別国語大辞典・上代編』

（三省堂）に、「程度が次第に強まっていく意を添える程度副詞として用いられる」とあるとおり、「より一層まさって・いよいよ」の意で、万葉歌の全例を解釈できます。中でも「日《ひ》に異《け》に」という表現が一六例と多く、慣用句として「日を追ってますます」の意で、次のように使われます。

春日野《かすがの》に朝居《ゐ》る雲のしくしくに我《あ》は恋《こ》ひまさる月に日に異《け》に　（巻四・六九八）

また、「いや日異《ひけ》に」も四例見られますが、「日増しにますます」の意で全例を解せます。結局、いずれの例も、ケニ（異）は「より一層・格段に」の意で解釈できるのです。

すると、問題の歌をココロヲケニハと読んだ場合、意味は「心をより一層」となるので、諸注が現代語訳する「浮気心」の意にはならないでしょう。新編日本古典文学全集『万葉集』（小学館）が、問題の二三九九番歌の頭注で「この異ニは相手に対して実意がないことをいう」と、わざわざ説明しているのは、万葉歌に見られる他のケニ（異）の語義と比べて、明らかに異例であるからでしょう。要するに、ココロヲケニハだけが、万葉歌に例のない特殊な表現になってしまうのです。

加えて、『万葉集』では、「我が思はなくに（私は思っていないのに）」の句は必ず結句に現れ、その直前を見ると、次のように「…心（を）」となっている例が目立ちます。

山背《やましろ》の泉の小菅なみなみに妹が心を我が思はなくに　（巻一一・二四七一）

うちひさす宮にはあれど月草《つきくさ》のうつろふ心我が思はなくに　（巻一二・三〇五八）

丹波道《たにはぢ》の大江の山のさね葛絶えむの心我が思はなくに　（巻一二・三〇七一）

安積山《あさかやま》影さへ見ゆる山の井の浅き心を我が思はなくに　（巻一六・三八〇七）
佐保川に凍《こほ》り渡れる薄《うす》ら氷《び》の薄き心を我が思はなくに　（巻二〇・四四七八）

右の中で「浅き心を我が思はなくに」と「薄き心を我が思はなくに」は〈形容詞連体形＋心を＋我が思はなくに〉の例で、問題の歌を「異《け》しき心を我が思はなくに」と読めば、同じ型になります。

問題の歌と類歌ⒶⒷⒸは、上の句で「ほんのりと赤い肌に触れぬまま寝ましたけれども」、Ⓐ「韓衣の裾が合わないように逢わないでいるけれども」、Ⓑ「遙かに遠く思われることよ。けれども」、Ⓒ「長い年月逢っていないけれども」と、すべて逆接確定条件句を用いて「一人でいるが…」と歌い、下の句は共通のケシキココロヲアガモハナクニ（私は浮気心を抱いていませんよ）なので、問題の歌はⒶ〜Ⓒに倣って、ケシキココロヲアガモハナクニと読んで、類歌と認定すべきです。

第四句については、「心を異《け》しく」や「心を異《け》には」と読む注釈書が多い現状ですが、文字転倒を想定し、「異心」に直し、類歌三首と同様「異《け》しき心を」と読み、「不実な心を」の意で解するほうが、第四句から第五句へのつながりはスムーズで、他の説に比べて無理が少ないと考えます。

今回も、従来の読み方を改めることで、新たな類歌の関係が成立する歌例を取り上げました。

●参考文献

間宮厚司［二〇〇七］「万葉類歌比較研究（続）」（『法政大学文学部紀要』五四号）

◉第18話

「居明而」の読み方

▼居明かして〈居明而〉君をば待たむぬばたまの我が黒髪に霜は降るとも　（巻二・八九）

ここでは、右の歌の初句がヰアカシテなのか、それともヲリアカシテなのかについて検討します。

最初に、稲岡耕二『万葉集全注』（有斐閣）の解説を見ましょう。

○居明かして　ヰルは元来座っている状態をいう語であるが、ここは閨に入って寝ず、戸外で夜を明かすことをヰアカスと言ったのであろう。古典全集に「居明カスがすわったまま夜を明かす意であるとすれば、この歌の作者は霜に降られて外にすわっていたことになる。おそらく、八七の歌の初句を部分的にさしかえた結果、このような矛盾が生じたのであろう」と記すのは、ヰルの意味を限定しすぎるのではあるまいか。

従来の注釈書は、ヰアカシテの訓で一致していました。しかし、新日本古典文学大系『万葉集』

（岩波書店）は、それまでの読み方と異なり、初句「居明而」をヲリアカシテと読んだ上で、「夜通し起きたまま君をお待ちしよう、（ぬばたまの）私の黒髪に霜は降ろうとも」と通釈しています。そして、当該歌の脚注で、こう解説しています。

▽初句「をりあかして」は、「ゐあかして」とも訓み得るが、後者の場合は「座ったまま夜を明かして」の意となるので、前者の訓を採る。本居宣長は、「居り明かす」の語について、「大かた此たぐひの居《をり》は、ただ一わたり軽くつねに云ふとはかはりて、夜寝ずに、起て居《ゐ》る意也、軽く見るべからず」（玉勝間十四・夜寝ず起てゐるを居《をり》と云へる事）と指摘している。「居りあかしも（乎里安加之母）今夜は飲まむほととぎす明けむ朝は鳴き渡らむそ」（四〇六八）。

この初句がヰアカシテか、ヲリアカシテかという問題について、筆者は、間宮厚司［二〇〇六］で考察しました。その際、阪倉篤義［一九七七］は逸することのできない有益な論文であると考え、その結論部分とも言える次の記述を引用しました。

まず考えられることは、ヰルという動詞が、ヲリに比して、一定の場所における比較的短時間の存在を意味するということであろう。すなわち、既に言われている通り、鳥について言えば「とまる」というに近く、天然現象などについても、それが一時的に現象するさまを、ヰルと表現したのである。（中略）すなわち、ヰル、あるものの存在のしかたを、進行的な動作として把えて、これを具象的に記述する動詞である。それに対して、ヲリの方は、存在を、継続的な状態として把え、これを話し手の立場から、様態として描写するものである、と。

右の動詞ヰルとヲリの違いは、『万葉集』に見られる多数の用例を徹底的に調査して、得られた結論です。問題の初句をヰアカシテと読むと座っている姿勢のほうに重点が置かれてしまい、寝ずに朝までずっと起きているという継続的な意味は出てきません。したがって、阪倉篤義［一九七七］が指摘したヰルとヲリの語義の点からは、「居《を》り明《あ》かして」のほうが妥当ということになります。

ところで問題の歌には、その二首前に次の異伝歌（「或《あ》る本《ほん》の歌に曰《いわ》く」などという関係にある歌）があります。

ありつつも〈在管裳〉君をば待たむうちなびく我が黒髪に霜の置くまでに　（巻二・八七）

→このままずっと君を待ち続けましょう、長く靡《なび》く私の黒髪に、霜が白く置くまでに。

こちらの初句は、アリツツモになっています。『万葉集』にアリツツは計一四例あり、全例そのままの状態を保ち続ける意味を表しています。つまり、異伝歌アリツツモの句は、ヰアカシテよりも、ヲリアカシテのほうに意味が近いのです。

以上、語義および異伝歌との関係から見て、問題の「居明而」は、ヲリアカシテと読むのが妥当でしょう。このヲリアカシテの訓は、契沖『万葉代匠記・初稿本』（一六九〇年）が最初です。

なお、阪倉篤義［一九七七］は問題の句について次のように記述するのみで、ヰアカシテと読む説に従い、特に言及していません（左の引用文「ヲリ明かす」は四〇六八番歌の例です）。

ちなみに、この両語が複合動詞の前項になることは稀で、ヲリについては「ヲリ明かす」、ヰルについては「ヰ明かす」「ヰ枯らす」「ヰ散らす」くらいが認められるのみである。

ここで一つ確認しておかなければならないことがあります。それはヰアカシテと五音の（句中に単独母音を含むのに字余りになっていない）非字余りで読むのがよいのか、それともヲリアカシテと六音の（句中に単独母音を含む）字余りで読むのがよいのか、という問題です。

毛利正守［一九八九］は、短歌の五音句で「三音節目」以前に母音が位置しても字余りを起こさない最も際立った例として、ここで問題にしている初句五音のヰアカシテの句を挙げています。それを受けて、山口佳紀［一九九〇］は、ヰアカシテではなく、ヲリアカシテと読めば、句中に単独母音を含む字余りの形で読むことができると述べ、その傍証例として、家持の「乎里安加之《ヲリアカシ》母《モ》」（巻一八・四〇六八）を示しました。この「乎里安加之母《ヲリアカシモ》」も問題の歌と同じく初句の例です。

また、『リポート笠間』（笠間書院、二〇〇五年）の巻頭座談会「万葉集研究の現在」で、山口佳紀は問題の初句「居明而」と字余りの関係について、明快に述べています。

八九　居明《ゐあ》かして　君をば待たむ　ぬばたまの　我が黒髪に　霜は降るとも

「ゐあかして」というのがありますね。従来の研究でだいたいわかっていることは、短歌で第一句、第三句、第五句は、句中に母音の音節があると、ほとんど字余りになるということです。例えばこれで言うと「居明《ゐあ》かして」の「あ」があります。この句は、我々から見ると五音あるようにみえますね。でもこういう場合は「あ」が句中にある母音音節だから「ゐあ」で一音というように、感じたらしいのです。ということは一音足りないのですね、音数が。だからそもそもこれは「居明《ゐあ》かして」と読んでいいのかという問題が起こってくる。

四〇六八　居《を》り明《あ》かしも　今夜《こよひ》は飲まむ　ほととぎす　明けむ朝《あした》は　鳴き渡らむぞ

そうすると、『万葉集』の四〇六八番の中には、仮名書きなのですが「をりあかしも」という問題の句があります。そこでさっきの句を「をりあかして」と読めば問題は解決するわけです。一見字余りなのですが、句中に母音音節があるわけだから、むしろ「をりあかして」と読めば、音数が充足されるわけです。新大系はそう読んでいます。今までももちろん、そういう観点から研究した人はたくさんいらっしゃるのだけれども、まだまだ問題がたくさん残っているのです。

以上、語義の点からだけでなく、字余りのあり方の観点からも、問題の歌の初句「居明而」は、やはりヲリアカシテで読むべきとの結論に達しました。

さらに補足すると、阪倉篤義［一九七七］の次の記述は、問題の歌にとって極めて示唆に富んだ指摘です。

「恋ひヲリ」「うらぶれヲリ」のごとき、精神状態を意味する動詞との複合語（これに、さらに、「恋ひつつヲリ」のごとき句形式のものを加えれば、その数は愈々増大する）は、キルについては全く認められないところであって、ここに両者の用法上の相違が、かなり明瞭に表われているようである。

つまり、問題の歌は「恋をし続けた精神状態で寝ずに夜を明かして」の意だから、ヲリアカシテがふさわしく、かつ異伝歌の八七番歌は「ありつつも」（いつまでも同じ状態で継続する様）です。そこから、問題の歌も「をり明かして」（夜通し起きたまま）で、異伝歌の動詞アリと同じく存続する意を表すラ変動詞のヲリで対応していると見ることができます。ヰルは移動するものが一時的に静止していたり、また、人間の場合には座っている姿勢を明示する上一段動詞です。したがって、ヰアカシテでは「ちょっと座ったまま夜を明かして」という意味合いになってしまうため、長時間待ち続ける「我が黒髪に霜は降るとも」とは文脈的に適合せず、ふさわしい表現になり得ません。

◉参考文献

間宮厚司［二〇〇六］「万葉類歌比較研究」（『法政大学文学部紀要』五二号）
阪倉篤義［一九七七］「動詞の意義分析―ヰルとヲリとの場合―」（『国語国文』第四六巻第四号）
毛利正守［一九八九］「万葉集の五音句と結句に於ける字余りの様相」（『万葉集研究』第一七集）
山口佳紀［一九九〇］「字余り論はなにを可能にするか」（『国文学・解釈と教材の研究』三五巻五号）

◉第19話

「入潮為」の読み方

▼潮速《しほはや》み磯廻《いそみ》に居《を》れば潜《かづ》きする〈入潮為〉海人《あま》とや見らむ旅行く我《われ》を（巻七・一二三四）

この歌については、新日本古典文学大系『万葉集』（岩波書店）が、「潮が速いので磯辺にいると、漁をする海人だと人は見るだろうか、旅を行くこの私を」と現代語訳し、その第三句に関して脚注で次の解説をしています。

▽第三句の原文「入潮為」は、「あさりする」と訓む説、「かづきする」と訓む説、「いほりする」と訓む説など、諸説がある。「入潮」の文字は万葉集にこの一例のみ。

問題の歌の第三句「入潮為」には複数の読み方があり、現在はカヅキスルの訓が最有力視されています。しかし、阿部美菜子［二〇〇七］（以下、「阿部論文」と略す）はアサリスルの訓を支持しました。それに筆者も賛成できるので、以下、その内容を紹介したいと思います。

まず、阿部論文は「入潮為」の諸注の読み方を「カヅキスル↓『全集』『集成』『全注』『新全集』『新大系』『釈注』、アサリスル↓『大系』『注釈』、イホリスル↓『私注』」と一覧しました。そして、次の理由から、イホリスルを不適切な訓として、最初に除外しました。

カヅキとアサリは共に魚介類をとる意を持つ語であり、当該歌と同じく「海人《あま》」と共に詠まれる用例も集中に確認できる。一方、イホリには漁をする意はなく、草や木で粗末な家をつくって住むことを表し、カヅキ、アサリと比べてみても水・海のイメージが薄い。加えてイホリには、「海人《あま》」と共に詠まれる例が集中になく、候補から外して良いだろう。

続いて、阿部論文は、各注釈書の主張を次のように整理しています。

カヅキ説は「入潮」を「潮（海水・潮流）に入る」つまり「海中に潜る」意と捉えてカヅキと訓み、アサリ説を表記の面から否定している。アサリ説は古写本にアサリとあることを示し、「朝入」をアサリと訓む用例があることから「入潮」を「朝入」の誤りとしてアサリと訓んでいる。

結局、訓の候補としてはカヅキとアサリの二訓にしぼられます。阿部論文は、万葉歌でこの二語がどのような場面で、またどのような語義で使われているのか、すべての歌例を確認した上で、その調査結果をカヅクとアサルの「共通点」と「相違点」という形で、次のようにまとめています。
「入潮」表記は問題の歌の一例しかないため、表記面のみから読み方を決定することは困難です。

共通点

・「海人《あま》」と共に詠まれていること。（カヅキ→十五例中九例、アサリ→五例中三例）

・「人」、「鳥」の両方がその動作の主体となり得ること。

・原文表記がカヅキでは「潜」、アサリでは「朝入」（人が動作の主体となる場合）に統一されていること。（仮名書きの例を除く）

相違点

・「海人《あま》」が「潜《かづ》く」ことを歌った十三例のうち、「海人《あま》」の漁師としての営みを歌った例は一例のみであり、その他（十二例）は全て譬喩歌であること。アサリを含む歌はカヅキとは異なり、五例中一例のみが譬喩歌で、四例は旅の風景を詠む。

・アサリの用例Ⓐとその題詞から「あさりする海人《あま》」が卑賤な者であることが明確になり、「海人《あま》」と「貴人《うまひと》」を対比させることでより身分意識が強く表れている。カヅキの用例において「海人《あま》」の身分が表面に出てくることはない。

・カヅキは、得難い物を得ようと苦心する事をいう場合の譬喩表現であり、アサリは海人《あま》の生態や職能を表現すると共に、その卑賤さを強調する語である。

右の文章中、「アサリの用例Ⓐとその題詞から…」とあるⒶの歌とは、次の一首です。

Ⓐあさりする〈阿佐里須流〉海人《あま》の子どもと人は言へど見るに知らえぬうまひとの子と

↓魚を取る漁師の子どもだと人は言うけれども、一目見ただけで分かりました。貴い人の子であると。

(巻五・八五三)

この Ⓐの歌については、題詞に「私たちは漁師の子で、あばら屋の見るかげもない家に住む者」との記述がありますが、実際はそうではなく、「うまひとの子」(貴い人の子)であるという歌であり、アマ(海人)とウマヒト(貴人)の身分上の違いが対比されている例です。

以上から阿部論文は、問題の歌はアサリスルで読むべきだと、こう結論づけました。

問題の歌は譬喩歌ではなく、旅の景色を歌っている。しかも「旅人」が「海人《あま》」と見られる事への不満を表明するこの場面では、「カヅキする」よりも「アサリする」のほうが「海人《あま》」の形容として適当である。

右の結論は、カヅクとアサルの全歌を分析して導き出されたもので、首肯できます。阿部論文は、問題の歌(左の④)と類歌の関係にある四首(左の①②③⑤)を示して、更なる考察を行いました。

①荒《あら》たへの藤江《ふぢえ》の浦にすずき釣《つ》る海人《あま》とか見らむ旅行くわれを　(巻三・二五二)

②網引《あびき》する海人とか見らむ飽《あく》の浦《うら》の清き荒磯を見に来《こ》し我《われ》を　(巻七・一一八七)

③浜清み磯に我《あ》が居《を》れば見《み》む人は海人《あま》とか見らむ釣《つり》もせなくに　(巻七・一二〇四)

④潮速み磯廻《いそみ》に居《を》れば□□□する海人《あま》とや見らむ旅行く我《われ》を　(巻七・一二三四)

⑤白たへの藤江《ふぢえ》の浦にいざりする海人《あま》とや見らむ旅行く我《われ》を
（巻十五・三六〇七）

問題にしている歌④と、類歌四首を比較した結果、阿部論文は次のように述べています。

人麻呂作歌①「すずき釣る」が⑤で「いざりする」へと転換したように、①の「すずき釣る」が類歌である当該歌④で「あさりする」に歌い変えられることは表現の変化として順当であると言えるのではないだろうか。一方、「釣り」と「かづき」の間での転換は一例も見られない。

この類歌の比較で補足すると、①「すずき釣る」、②「網引《あびき》する」、③「釣りもせなくに」、⑤「いざりする」は、どれも海人が魚を得ようとする行為です。ならば④も漁をする「あさりする」が適切で、「かづきする」だと他の例から貝類を潜り捕る行為に偏るため、ふさわしくありません。

最後に、アサリスルを、なぜ「入潮為」と書いたのか。阿部論文では、こう説明しています。

原文表記「入潮為」が問題となるが、この箇所を正訓で訓むことはできない。そこで集中の訓の用例から、「潮」字には動詞「濡る」の意がこめられており、「入潮為」は「潮に入って濡れる」ことを表していると考えると、訓「アサリする」との整合性の問題も解消できる。当該歌は潮の早いことを詠んでおり、「カヅキする（水に潜る）」や「イザリする（沖の漁）」という行為は歌意にそぐわない。

アサリを「入潮」と表記した理由について、筆者の見解を述べましょう。「入潮」表記は「入《い》り潮《しほ》」の意で、満潮を文字化したものと推察されます。『玉葉和歌集《ぎよくようわかしゆう》』（一三一二年）に例があります。

浦あれて風よりのぼるいりしほにおろさぬ舟ぞ波に浮きぬる　（玉葉・二一〇五）

↓海が荒れてきて、風の力で一層勢いを増して満ち来る潮のために、引き上げてあったはずの舟が波に浮いてしまったよ。

問題の第三句「入潮」は、初句二句の「潮速み磯廻に居れば」の句に対応しています。すなわち、「入潮」は満ち潮のため潮が速いので、作者は一時的に避難するべく、磯廻（磯辺）に居るのです。作者は、そんな旅の途中の私を漁をする卑賤な海人だと人は見るのだろうか、と不満げに歌ったのでしょう。

ところで、すでに示した類歌①②③が「海人とか見らむ」と助詞カであるのに、④⑤は「海人とや見らむ」と助詞ヤで異なるのは、①②③が具体的な「釣」や「網引」する表現であるのに対して、④⑤は抽象的な「あさり」や「いざり」する表現になっているからなのかも知れません。こうした点についても、助詞カとヤの差異と、いかに関係するのか、さらに追究する必要があるでしょう。

以上、ここでは筆者の勤務する法政大学の学会誌に掲載された阿部論文を紹介しました。

●参考文献

阿部美菜子［二〇〇七］「「入潮為」（万葉集一二三四番歌）の訓読について」（法政大学国文学会『日本文学誌要』七六号）

◉第20話

「入潮為」再考

▼潮速《しほはや》み礒廻《いそみ》に居《を》れば入潮為海人《あま》とや見らむ旅行《ゆ》く我《われ》を　（巻七・一二三四）

右の第三句の原文表記「入潮為」の読み方については、本書の第19話で、アサリスルの訓が適切であろうと検討しました。しかし、現状はカヅキスルの訓が次のように優勢で、近年カヅキスルで定訓化しつつあります（左記の注釈書類は刊行年順に古いほうから番号を付して列挙しました）。

アサリスル↓①『増訂万葉集全注釈』〔武田祐吉〕（角川書店）・②日本古典文学大系『万葉集』（岩波書店）・③『万葉集注釈』〔澤瀉久孝〕（中央公論社）

カヅキスル↓④日本古典文学全集『万葉集』（小学館）・⑤新潮日本古典集成『万葉集』（新潮社）・⑥講談社文庫『万葉集』〔中西進〕（講談社）・⑦『万葉集全注』〔各巻分担執筆〕（有斐閣）・⑧新編日本古典文学全集『万葉集』（小学館）・⑨『万葉集釈注』〔伊藤博〕

（集英社）・⑩新日本古典文学大系『万葉集』（岩波書店）・⑪和歌文学大系『万葉集』［稲岡耕二］（明治書院）・⑫『万葉集全歌講義』［阿蘇瑞枝］（笠間書院）

近年の注釈書の多くがカヅキスルと読むものの、第19話で取り上げた阿部美菜子［二〇〇七］とは、異なる視点からアサリスル説への補強を試みた間宮厚司［二〇一四］の説を以下に紹介しましょう。

第一に、初句「潮速み」と問題の第三句の「入潮為」表記からシホ（潮）がキーワードになっている点に注目します。シホとカヅキが一首に含まれる歌は問題の歌「潮速《しほはや》み礒廻《いそみ》に居《を》れば入潮為」をカヅキと訓めば、それだけが唯一の例になります。むしろ、シホはカヅキでなくアサリのほうと共に使われる語で、万葉歌に次のように四首があるのです。

夕なぎにあさりする鶴《たづ》潮満てば沖波高み己《おの》が妻呼ぶ　（巻七・一一六五）

沖辺より潮満ち来らし可良《から》の浦にあさりする鶴《たづ》鳴きて騒《さわ》きぬ　（巻一五・三六四二）

…射水川湊《いみづかはみなと》の渚鳥《すどり》　朝なぎに潟にあさりし　潮満てば偶《つま》呼びかはす…　（巻一七・三九九三）

奈呉の海に潮のはや干《ひ》ばあさりにし出《い》でむと鶴《たづ》は今そ鳴くなる　（巻一八・四〇三四）

このようにシホ（潮）とアサリ（漁）を一首中に用いた歌の例から、問題の歌もカヅキではなくアサリで訓むべきであると筆者は考えます。それではなぜ、アサリがシホと共起するのでしょうか。

アサリは『岩波古語辞典 増補版』（岩波書店）に「人間や動物が、山野・水辺で食物を得ようと探しまわる」と書かれています。シホは満ち干する海水の意味で、大野晋編『古典基礎語辞典』

〈角川学芸出版〉の「しほ〈潮〉」の項には、「「満ち干する」というのがシホ〈潮〉の最も重要な属性」と解説があります。万葉歌においても潮の属性は、「潮干満《しほひみ》ち〈潮干満〉」〈巻六・九一八〉、「海は潮干《しほひ》て〈海者潮干而〉」〈巻一六・三八五二〉のように解説のとおりです。つまり、シホの満ち引きで魚や貝や海藻が海岸に運ばれ、それを鳥や人が海岸でアサリスルので、シホとアサリの両語は一首の中で緊密な対応関係を見せるのでしょう。よって、問題の歌は「潮速《しほはや》み磯廻《いそみ》に居《を》れば□□□する」とあるので、空欄□□□はアサリで訓むのが、穏当であるという結論に至ります。

第二に、カヅキスルと読んだ場合、一体どういう情景になるのか、これまで十分に考えられていない点があるように思われます。和歌文学大系『万葉集』［稲岡耕二］〈明治書院〉は、「潮の流れが早いために磯辺にこうして居ると、潜水して漁をする海人だと人は見るだろうか。旅をしているわたしを」と口語訳しています。どうしてカズキ〈潜水〉スル海人であると、人が旅人の私を見るのでしょうか。潮の流れが激しいので、船を出せず、待機している状態で、場所は波打ち際の磯辺です。そういう旅人を人が見て、何で潜水する海人だと見るのか、腑に落ちません。旅人の作者が第三者の眼前で実際に海で潜ったり、浮いたりしているのならば、理解できましょう。しかし、「潮速《しほはや》み磯廻《いそみ》に居《お》れば」から海中にいないのは明白なので、情景的に不可解です。アサリスルならば、潮の流れで磯辺に打ち上げられた貝や海藻を波打ち際の潮溜まりで拾えるので、近いところにいる旅人を「あさりする海人」に見誤ることはあり得ることです。

第三に、「入潮為」表記に関して考えましょう。『万葉集全注・巻第七』〔渡瀬昌忠〕（有斐閣）はカヅキ説を採用し、その【注】において表記に関しても、「カヅキの原文「入潮」は「潮ニ入ル」意の漢文的表記。「潮」は名義抄に「ウシホ・アサシホ・シホ」とするように、海水、潮流の意であるから「入潮」は海水の中に潜り入ることを意味する。したがって、カヅキ（元）が正しい」と説明しています。潮は満ち干するもので、「潮流」の意は潮の干満から生じる現象で、潮が単なる「海水」の意を表した例は、万葉歌に見られません。よって、「入潮」を海水の中に潜り入る意に解することは困難で、カヅキと訓むのは不可解です。そこで筆者は、「入潮」を「（満ち来る）潮（の海水の流れ込む浅瀬、または満ち潮でできた潮溜まり）に入り（打ち上げられた貝や海藻を採取）する」という解釈で、アサリスルと訓み得ると結論づけました。

それから、「入潮為」に類する表記には、「侍宿《とのゐ》為《する》」（巻二・一七四）があり、トノヰの語源は、「殿居」で宿直の意を表すが、この表記は「宿に侍する」意で「侍宿」と書いたものでしょう。

さらに、「潮」字を「濡れぬ」に当てた珍しい表記が万葉歌に一例見られます。「三川《みつかわ》の淵瀬《ふちせ》も落ちず小網《さで》さすに衣手《ころもで》濡《ぬ》れぬ〈衣手潮〉干《ほ》す児《こ》はなしに（巻九・一七一七）です。この「濡《ぬ》れぬ」に関して、新編日本古典文学全集『万葉集』（小学館）は頭注で、次のように解説しています。

> 衣手濡れぬ―ヌレヌの原文は古写本に「潮」「湖」の二種があるが、共にヌルと読むべき確証がない。一応、類聚古集によるが、後考を待つ。

これについて筆者は、「潮」字にヌル（濡）の意が生じるのは、満ち来る潮で海人がアサリスルと衣が濡れるところからの連想だと判断します。それは「あさりする海人娘子《あまをとめ》らが袖通り濡れにし衣干せど乾かず」（巻七・一一八六）の潮によって運ばれて来た食物を手で拾う海人娘子《あまをとめ》らが衣を濡らすことが知られます。そういう発想で、「潮」字を動詞ヌル（濡）に当てたのでしょう。

ポイントは潮の満ち干がアサリスル必要条件になっている点で、潮はアサリと一緒に用いられる語で、『万葉集』に四首あることを既に指摘しましたが、四首は鳥が動作主体の例のみでした。ここで注意すべきは、カヅキの場合、動作主体が人は一五例、鳥は四例あります。一方、アサリの場合は、動作主体が人は五例、鳥は一〇例です。すなわち、動作主体がカヅキは人が、アサリは鳥が多い。問題の歌の動作主体は人ですが、第四句の「海人《あま》とや見らむ〈海人鳥屋見濫〉」の「鳥屋」表記は鳥をイメージ（暗示）させる書き方と言えます。また、問題の歌の「礒廻《いそみ》に居《を》れば」は、「あさりすと礒に住む鶴《たづ》」（巻七・一一九八）から礒辺にいる旅人の詠者を鶴《たづ》に重ね合わせる状況は文脈上整っています。ちなみに、アサリスル鳥は鶴《たづ》の六例が最多です。加えて、問題の歌の次にある歌も「水鳥の浮き寝やすべき」（巻七・一二三五）のように人を鳥の習性になぞらえて歌っています。

アサリは、鳥が主語の場合は一字一音表記以外は「求食」と書かれ、人が主語の場合は「朝入」（アサイリのイの脱落想定表記）で書かれます。この表意的用字と言われる「朝入」（朝、海水に入る）と、漢文的表意表記の「求食」（餌を求める）を基に、「朝入」の「入」字を用いて、「求食」の

「動詞＋名詞」の語順にすることで、「入潮」(満ち来る潮の流れに入り魚介類を採る行為)をアサリの義訓表記としたのではないでしょうか。カヅキの訓字は、全例が「潜」字で表記されています。なぜここだけが「入潮」と書かれたのか、是非とも説明がほしいところです。近年の注釈書が揃っている。義をもってアサリと読む中で、アサリスルと訓む『増訂万葉集全注釈』は「入潮は、漢文ふうに書いていカヅキスルと読む」と、『万葉集注釈』は「少し義訓に過ぎるやうであるが、「朝入為流《アサリスル》人跡乎見座《ヒトトヲミマセ》」(巻九・一七二七)などの例によりアサリと訓むべきであろうか」と、短く注釈するにとどまります。また、日本古典文学大系『万葉集』は何も書いていません。

以上、ここではカヅキスルが文脈・表現・表記の点から、理解し難い訓であって、アサリスルが妥当な訓であることを論じました。

◉参考文献

間宮厚司［二〇一四］「『万葉集』の「入潮為」考」(法政大学国文学会『日本文学誌要』九〇号)

◉第21話

〈乱〉字をサワク（騒）と読む万葉歌は何首あるか

『万葉集』に〈乱〉字をサワク（騒）と読む歌が四首あることを、本書の第1話と第3話で述べました。それでは、その四首（①③④は短歌で、②は長歌）を次に示しましょう。

①松浦舟《まつらぶね》騒く堀江《ほりえ》の〈乱穿江之〉水脈《みを》速み楫《かぢ》とる間《ま》なく思《おも》ほゆるかも　（巻一二・三一七三）

②…朝雲《あさくも》に鶴《たづ》は騒き〈多頭羽乱〉夕霧《ゆふぎり》にかはづは騒《さわ》く…　（巻三・三二四）

③笹の葉はみ山もさやに騒けども〈乱友〉我は妹《いも》思ふ別《わか》れ来《き》ぬれば　（巻二・一三三）

④もののふの八十《やそ》をとめらが汲《く》み騒く〈挹乱〉寺井《てらゐ》の上《うへ》の堅香子《かたかご》の花　（巻一九・四一四三）

右のうち、①は、賀茂真淵『万葉考』の説で、各注釈書が揃ってサワクホリエノと読むとおり、特に問題はありません。したがって、①が万葉歌で〈乱〉字をサワク（騒）と読む、重要な証左になります。この①のサワク（騒）は新編日本古典文学全集『万葉集』（小学館）が頭注で、「この騒クは主として水手《かこ》の声や動きを写したものであろう」と解説するように、大勢が声を上げて動き回る様子を表しているのでしょう。

②は、本書の第1話で紹介した佐佐木隆［一九七六］が、タヅ（鶴）を含む鳥類全般はサワクの例のみが見られ、②だけが鳥類にミダルを用いた唯一の例外となっているので、ここはミダレではなくサワキで読むべきであると主張しました。しかし、現状はサワキと読む万葉注釈書類は管見の限り見られず、ミダレの訓のままです。その理由は恐らく、「…朝雲に鶴はさわき夕霧にかはづはさわく…」と読むと、対句表現で結びに同じ語を使う同様の例が万葉歌にあるのか、疑問が生じ、調査する必要があるからでしょう。そこで、調べてみると、次のような長歌の例が存在します。

…国原《くにはら》は煙《けぶり》立ち立つ　海原《うなはら》はかまめ立ち立つ…　（巻一・二）
…春へには花折りかざし　秋立てば黄葉《もみちば》かざし…　（巻二・一九六）
…国にあらば父取り見まし　家《いへ》にあらば母取り見まし…　（巻五・八八六）
…上つ瀬に斎杭《いくひ》を打ち　下《しも》つ瀬に真杭《まくひ》を打ち…　（巻一三・三二六三）
…朝なぎに水手《かこ》の声しつつ　夕なぎに梶《かぢ》の音《おと》しつつ…　（巻一三・三三三三）
…さひづるや韓臼《からうす》に搗《つ》き　庭《にわ》に立つ手臼《てうす》に搗《つ》き…　（巻一六・三八八六）
…上《かみ》つ瀬に打橋《うちはし》渡し　淀瀬《よどせ》には浮き橋渡し…　（巻一七・三九〇七）

こうした歌例を見ると、「立ち立つ」や「かざし」などのように同一語形になっていますので、「鶴はさわき」でなく、「鶴はさわく」と読むべきなのかも知れませんが、今後の課題とします。

③は、賀茂真淵『万葉考』の唱えたサワゲドモをサワケドモに修正した訓が文法・表記・表現の点から最も難点が少ないものであると、第3話で検討を加えましたので、そちらを御覧ください。

④は、これまでクミマガフの読みで異説はありませんでした。第1話で間宮厚司［二〇〇六］がクミマガフは不適切な訓でクミサワクに改訓すべきことを提唱しました。その後、井手至・毛利正守校注『新校注 万葉集』（和泉古典叢書、二〇〇八年）に、この新訓クミサワクが採用されました。

さて、〈乱〉字の訓がミダルかサワクか検討すべき万葉歌が、①～④以外にもう一首あります。

⑤引馬野《ひくまの》ににほふ榛原《はりはら》入《い》り□□□〈入乱〉衣《ころも》にほはせ旅のしるしに　（巻一・五七）

右が問題の長忌寸《ながのいみき》奥麻呂《おきまろ》の歌で題詞に「大宝二年に太上天皇（持統）が三河国に行幸された時の歌」と記されています。地名の「引馬野《ひくまの》」は愛知県宝飯《ほい》郡御津《みと》町御馬《おんま》の引馬神社付近とする説等があるものの、所在未詳。「榛《はり》」は植物ハンノキ（榛の木）の古名で、樹皮・果実を古くは染料に使用しました。問題の第三句〈入乱〉は旧日本古典文学大系『万葉集』（岩波書店）のみが「入り乱り」と読み、「引馬野に色づいている榛の原に入って、榛を乱して衣に美しい色をうつしなさい。旅行の記念に」と訳しますが、ミダルを四段他動詞で、「榛を乱して衣に美しい色をうつしなさい」と解釈するのは不可解です。それ故、旧大系本『万葉集』以外は全て「入り乱れ」と読んでいますが、現代語訳を見ると「入り乱れて・入り交じって・分け入って・なだれ込み」など、注釈書間で様々です。そこで、間宮厚司［二〇一九］では「〈入乱〉は、現在「入り乱れ」と訓まれているが、ミダルは髪・柳など糸状のものや心が乱れる場合に使用されるので、旅人達が乱れるのか、疑問が残る。紙幅も尽きてきたので、ここを「入りさわき」と訓めるか否かは今後の課題としたい」と、最後に書きました。結論から言えば、⑤〈入乱〉も定訓のイリミダレからイリサワキに改訓すべきです。以下、その結論に至った経緯について、本書のここで、根拠を提示しつつ、考察することにしましょう。

(1)万葉歌で人にサワク（騒）を用いた確例は次の四首あるが、ミダル（乱）には皆無です。

…玉藻《たまも》なす浮かべ流せれ　そを取ると騒く〈散和久〉御民《みたみ》も…　（巻一・五〇）

…五月蠅《さばへ》なす騒く〈佐和久〉子どもを…　（巻五・八九七）

葛飾《かづしか》の真間《まま》の浦廻《うらみ》を漕《こ》ぐ船の船人《ふなびと》騒く〈佐和久〉波立つらしも　（巻一四・三三四九）

…妹《いも》も兄《せ》も若き子どもは　をちこちに騒き〈佐和吉〉泣くらむ…　（巻一七・三九六二）

なお、『古事記・歌謡七九番』の「…刈薦の乱れば乱れさ寝しさ寝てば」は人に使った例です。ただし、この「乱る」は二人の関係が破綻する意で、⑤に適用できない「乱る」の例です。

(2)『新編国歌大観　CDROM版』（角川学芸出版）で「入《い》り乱《みだ》」と「入《い》り騒《さわ》」を検索した結果、⑤の万葉歌と、それを踏襲・改作した歌を除けば、どちらの表現例もありません。

(3)⑤のような衣を染める場面で用いられたミダル（乱）の例は見られませんが、サワグ（騒）のほうであるならば、「御紅染《くれなゐぞ》めは、打ち物などせし所の別当《べたう》、大弐《だいに》のおもと、蔵人《くらうど》より下仕へなどあり、いみじく物染め騒ぐ」（『うつほ物語』）があります。「たくさんのものを染めて大騒ぎをしている」と大勢が声を立てて動く様子を「染め騒ぐ」と表現しているのは、⑤の旅人一行が、衣を染める状況と相通じましょう。

(4)サワク（騒）にはマイナス（不快）の印象のほうがプラス（快）よりも強いようですが、万葉歌に「友の騒《さわ》きに慰《なぐさ》もる」（巻一一・二五七一）の「友達と騒いで気が晴れる」が見えます。加えて、「院の内笑ひ騒ぎて」（『うつほ物語』）や「喜び騒ぐさまの」（『堤中納言物語』）というプラス（快）の例もあります。また、『枕草子』に「莚道《えんだう》敷きたれど、みなおち入りさわぎつるは」（旧日本古典文学大系『枕草子』・八段）がネガティブな場面で用いられ、「よろこび奏するこそをかしけれ。うしろをまかせて、御前《おまへ》の方《かた》に向かひて立てるを。拝《はい》し舞踏《ぶたふ》し、さわぐよ」（新編日本古典文学全集『枕草子』・九段）がポジティブな場面で使用されており、双方存在しています。

このような点を総合的に考慮すれば、(1)万葉歌で人にサワク（騒）を用いた用例はあるのに対して、ミダル（乱）にはありません。(2)和歌に「入《い》り乱《みだ》」と「入《い》り騒《さわ》」のどちらの例もありません。(3)⑤〈入乱〉の訓を考える際に『うつほ物語』の「染め騒ぐ」は参考になる例です。(4)サワク（騒）のプラス（快）の例は、万葉歌にあります。一方、ミダル（乱）のプラス（快）の例は万葉歌に見出せません。こうした事実から、⑤の〈入乱〉は従来のイリミダレの訓ではなくイリサワキに改訓するのが正しいのではないかと考えられます。

　最後に、佐佐木幸綱・復本一郎編『三省堂名歌名句事典』（三省堂）は、⑤を「引馬野に美しく色づき映える榛《はんのき》の原、そこにわけ入って、衣を染めなさい。旅のしるしとして」と口訳しているが、「乱れ」の語が何故か訳出されていません。一方、筆者の解釈はイリサワキと読み、「…その中に入って（さぁ、旅をする皆さん、楽しんで賑やかに）騒いで衣を染めなさい。…」になります。皆で旅先の思い出を作る場面で衣を染めようという文脈ですから、ミダレ（乱）よりもサワキ（騒）のほうが相応しい。大勢でワイワイと騒ぐ様子は、④の春の訪れを喜ぶ乙女らが賑やかに水を汲む様子と通底するでしょう。そして、④の「汲《く》み騒く」も、⑤の「入《い》り騒き」という表現も、ここだけにしか見られない表現例です。

　以上、『万葉集』に〈乱〉字をサワク（騒）と読む歌は、計五首あるという結論になりました。

◉参考文献

間宮厚司［二〇一九］「『万葉集』に〈乱〉字をサワク（騒）と訓む歌は何首あるか」（『季刊文科』79秋季号）

Ⅲ

資料篇

——難訓歌と類歌・異伝歌等

ここでは、新日本古典文学大系『万葉集』（岩波書店）の脚注を参照して、それに筆者の判断を加えた上で、解読不能の難訓箇所を含む難訓歌と、類歌や異伝歌などと呼ばれる似た表現の歌の組み合わせを一覧しましたので、皆さんも次に示す比較的入手しやすい注釈書類を見比べつつ、各自であれこれ自由に考えて、楽しんでいただけるならばと思います。なお、資料3では特に注目したい類歌として、男女の各立場で詠んだ類歌と、一句のみが異なる類歌を一覧しました。

- 日本古典文学大系『万葉集』［高木市之助・五味智英・大野晋］（岩波書店）
- 新日本古典文学大系『万葉集』［佐竹昭広・山田英雄・工藤力男・大谷雅夫・山崎福之］（岩波書店）
- 日本古典文学全集『万葉集』［小島憲之・木下正俊・佐竹昭広］（小学館）
- 新編日本古典文学全集『万葉集』［小島憲之・木下正俊・東野治之］（小学館）
- 新潮日本古典集成『万葉集』［青木生子・井手至・伊藤博・清水克彦・橋本四郎］（新潮社）
- 和歌文学大系『万葉集』［稲岡耕二］（明治書院）
- 『万葉集注釈』［澤瀉久孝］（中央公論社）
- 『万葉集釈注』［伊藤博］（集英社）
- 講談社文庫『万葉集』［中西進］（講談社）
- 『万葉集全注』［各巻分担執筆］（有斐閣）

◉資料1 難訓歌（本書で論じなかった短歌）一覧

御津《みつ》の崎《さき》波を恐《かしこ》み隠《こも》り江《え》の舟公宣奴嶋尓　（巻三・二四九）

指進乃栗栖《くるす》の小野の萩《はぎ》の花散らむ時にし行きて手向《たむ》けむ　（巻六・九七〇）

今朝《けさ》行きて明日者来牟等云子鹿丹朝妻山《あさづまやま》に霞たなびく　（巻一〇・一八一七）

天の川安《やす》の川原《かはら》に定而神競者磨待無　（巻一〇・二〇三三）

手寸十名相植ゑしも著《しる》く出《い》で見ればやどの初萩咲きにけるかも　（巻一〇・二一一三）

ささなみの波越す安蹔に降る小雨間《こさめあひだ》も置きて我《わ》が思はなくに　（巻一二・三〇四六）

伊香保《いかほ》せよ奈可中次下おもひどろくまこそしつと忘れせなふも　（巻一四・三四一九）

過所《くわそ》なしに関飛び超ゆるほととぎす多我子尓毛止《や》まず通《かよ》はむ　（巻一五・三七五四）

人魂《ひとだま》のさ青《を》なる君がただひとり逢へりし雨夜《あまよ》の葉非左思所念　（巻一六・三八八九）

大船《おほぶね》の上《うへ》にしをれば天雲《あまくも》のたどきも知らず歌乞我《わ》が背《せ》　（巻一七・三八九八）

◉資料2 類歌・異伝歌等（本書で論じなかった短歌）一覧

Ⓐ白波の浜松が枝《え》の手向《たむけ》くさ幾代《いくよ》までにか年の経《へ》ぬらむ　（巻一・三四）

Ⓑ白波の浜松の木の手向くさ幾代までにか年は経ぬらむ　（巻九・一七一六）

Ⓐあみの浦に船乗《ふなの》りすらむ娘子《をとめ》らが玉裳《たまも》の裾《すそ》に潮《しほ》満つらむか　（巻一・四〇）

Ⓑ安胡《あご》の浦に船乗りすらむ娘子らが赤裳《あかも》の裾に潮満つらむか　（巻一五・三六一〇）

Ⓐ巨勢山《こせやま》のつらつら椿《つばき》つらつらに見つつ偲《しの》はな巨勢の春野を　（巻一・五四）

Ⓑ河上《かはのへ》のつらつら椿つらつらに見れども飽かず巨勢の春野は　（巻一・五六）

Ⓐ大名児《おほなこ》を彼方野辺《をちかたのへ》に刈る草《かや》の束《つか》の間《あひだ》もわれ忘れめや　（巻二・一一〇）

Ⓑ紅《くれなゐ》の浅葉《あさは》の野らに刈る草の束の間も我《あ》を忘らすな　（巻一一・二七六三）

Ⓐ我妹子《わぎもこ》に恋ひつつあらず秋萩《あきはぎ》の咲きて散りぬる花にあらましを　（巻二・一二〇）
Ⓑ長き夜《よ》を君に恋ひつつ生《い》けらずは咲きて散りにし花にあらましを　（巻一〇・二二八二）

Ⓐ橘《たちばな》の陰《かげ》踏む道の八衢《やちまた》に物をそ思ふ妹《いも》に逢はずして　（巻二・一二五）
Ⓑ橘の本に道踏む八衢に物をそ思ふ人に知らえず　（巻六・一〇二七）

Ⓐ沖つ波来寄《きよ》する荒磯《ありそ》をしきたへの枕《まくら》とまきて寝《な》せる君かも　（巻二・二二二）
Ⓑ家人《いへびと》の待つらむものをつれもなき荒磯をまきて臥せる君かも　（巻一三・三三四一）

Ⓐ滝《たき》の上《うへ》の三船《みふね》の山に居《ゐ》る雲の常《つね》にあらむと我《わ》が思《おも》はなくに　（巻三・二四二）
Ⓑみ吉野《よしの》の三船の山に立つ雲の常にあらむと我が思はなくに　（巻三・二四四）

Ⓐ玉藻《たまも》刈る敏馬《みぬめ》を過ぎて夏草の野島《のしま》の崎に船近づきぬ　（巻三・二五〇）
Ⓑ玉藻刈る処女《をとめ》を過ぎて夏草の野島が崎に廬《いほ》りす我《われ》は　（巻一五・三六〇六）

Ⓐ荒《あら》たへの藤江《ふぢえ》の浦にすずき釣《つ》る海人《あま》とか見らむ旅行く我《われ》を　（巻三・二五二）
Ⓑ白たへの藤江の浦にいざりする海人とや見らむ旅行く我を　（巻一五・三六〇七）

Ⓐ天離《あまざか》る鄙《ひな》の長道《ながち》ゆ恋ひ来《く》れば明石《あかし》の門《と》より大和島《やまとしま》見ゆ　（巻三・二五五）
Ⓑ天離る鄙の長道を恋ひ来れば明石の門より家のあたり見ゆ　（巻一五・三六〇八）

Ⓐ飼飯《けひ》の海の庭《には》良くあらし刈薦《かりこも》の乱れて出《い》づ見ゆ海人《あま》の釣船《つりぶね》　（巻三・二五六）
Ⓑ武庫《むこ》の海の庭良くあらしいざりする海人の釣船波の上《うへ》ゆ見ゆ　（巻一五・三六〇九）

Ⓐ苦しくも降り来《く》る雨か三輪《みわ》の崎狭野《さの》の渡りに家もあらなくに　（巻三・二六五）
Ⓑ大口《おほくち》の真神《まかみ》の原に降る雪はいたくな降りそ家もあらなくに　（巻八・一六三六）
Ⓒ苦しくも暮れ行く日かも吉野川清き川原《かはら》を見れど飽かなくに　（巻九・一七二一）

Ⓐ我が船は比良《ひら》の湊《みなと》に漕ぎ泊《は》てむ沖辺《おきへ》な離《さか》りさ夜《よ》ふけにけり　（巻三・二七四）
Ⓑ我が船は明石の水門《みと》に漕ぎ泊てむ沖辺な離りさ夜ふけにけり　（巻七・一二二九）

Ⓐ倉橋《くらはし》の山を高みか夜《よ》ごもりに出《い》で来《く》る月の光乏《とも》しき　（巻三・二九〇）
Ⓑ雨隠《あまごも》る三笠の山を高みかも月の出で来《こ》ぬ夜《よ》はふけにつつ　（巻六・九八〇）
Ⓒ海原《うなはら》の道遠みかも月読《つくよみ》の光すくなき夜はふけにつつ　（巻七・一〇七五）
Ⓓ倉橋の山を高みか夜ごもりに出で来る月の片待ち難《かた》き　（巻九・一七六三）

Ⓐ風をいたみ沖つ白波《しらなみ》高からし海人《あま》の釣船《つりぶね》浜に帰りぬ　（巻三・二九四）
Ⓑわたつみの沖つ白波立ち来《く》らし海人娘子《をとめ》ども島隠《しまがく》る見ゆ　（巻一五・三五九七）

Ⓒあゆの風《かぜ》いたく吹くらし奈呉《なご》の海人の釣《つり》する小船《をぶね》漕《こ》ぎ隠《かく》る見ゆ　（巻一七・四〇一七）

Ⓐ縄《なは》の浦《うら》に塩《しほ》焼く火《ほ》のけ夕《ゆふ》されば行き過ぎかねて山にたなびく　（巻三・三五四）
Ⓑ志賀《しか》の海人の塩焼く煙《けぶり》風を疾《いた》み立ちは上《のぼ》らず山にたなびく　（巻七・一二四六）

Ⓐ潮干《しほひ》なば玉藻《たまも》刈りつめ家の妹《いも》が浜づと乞《こ》はば何を示さむ　（巻三・三六〇）
Ⓑをみなへし秋萩折れれ玉桙《たまほこ》の道行《みちゆ》きづとと乞はむ児がため　（巻八・一五三四）

Ⓐみさご居《ゐ》る磯廻《いそみ》に生《お》ふるなのりその名は告《の》らしてよ親は知るとも　（巻三・三六二）
Ⓑみさご居る荒磯《ありそ》に生ふるなのりそのよし名は告らせ親は知るとも　（巻三・三六三）
Ⓒみさご居る荒磯に生ふるなのりそのよし名は告らじ親は知るとも　（巻一二・三〇七七）

Ⓐ塩津山《しほつやま》打ち越え行けば我《あ》が乗れる馬そつまづく家《いへ》恋ふらしも　（巻三・三六五）
Ⓑ妹《いも》が門出入《かどいでいり》の川の瀬を速み我が馬つまづく家思《おも》ふらしも　（巻七・一一九一）

Ⓐ家思《いへおも》ふと心進むな風《かざ》まもりよくしていませ荒《あら》しその道　（巻三・三八一）
Ⓑ周訪《すは》にある磐国山《いはくにやま》を超えむ日は手向《たむけ》よくせよ荒しその道　（巻四・五六七）

Ⓐなでしこがその花にもが朝《あさ》な朝《さ》な手に取り持ちて恋ひぬ日なけむ　（巻三・四〇八）
Ⓑ朝ごとに我《わ》が見るやどのなでしこが花にも君はありこせぬかも　（巻八・一六一六）

Ⓒうら恋《ごひ》し我《わ》が背《せ》の君はなでしこが花にもがもな朝な朝な見む　（巻一七・四〇一〇）

Ⓐこもりくの泊瀬《はつせ》の山の山のまにいさよふ雲は妹《いも》にかもあらむ　（巻三・四二八）
Ⓑこもりくの泊瀬の山に霞立ちたなびく雲は妹にかもあらむ　（巻七・一四〇七）
Ⓒつのさはふ磐余《いはれ》の山に白たへにかかれる雲は皇子《すめらみこ》かも　（巻一三・三三二五）

Ⓐ妹《いも》が見しやどに花咲き時は経《へ》ぬ我《わ》が泣く涙いまだ干《ひ》なくに　（巻三・四六九）
Ⓑ妹が見し楝《あふち》の花は散りぬべし我が泣く涙いまだ干なくに　（巻五・七九八）

Ⓐ朝日影にほへる山に照る月の飽かざる君を山越しに置きて　（巻四・四九五）
Ⓑあらたまの年の緒《を》長く照る月の飽かざる君や明日《あす》別れなむ　（巻一二・三二〇七）

Ⓐ古《いにしへ》にありけむ人も我《あ》がごとか妹《いも》に恋ひつつ寝《い》ねかてずけむ　（巻四・四九七）
Ⓑ古にありけむ人も我がごとか三輪《みわ》の檜原《ひばら》にかざし折りけむ　（巻七・一一一八）

Ⓐ娘子《をとめ》らが袖布留山《そでふるやま》の瑞垣《みづかき》の久しき時ゆ思ひき我は　（巻四・五〇一）
Ⓑ娘子らを袖布留山の瑞垣の久しき時ゆ思ひけり我は　（巻一一・二四一五）

Ⓐ玉衣《たまぎぬ》のさゐさゐしづみ家《いへ》の妹《いも》に物言はず来《き》にて思ひかねつも　（巻四・五〇三）
Ⓑあり衣《きぬ》のさゑさゑしづみ家の妹に物言はず来にて思ひ苦《ぐる》しも　（巻一四・三四八一）

Ⓒ水鳥の立《た》たむ装《よそ》ひに妹のらに物言はず来にて思ひかねつも　（巻一四・三五二八）
Ⓓ水鳥の立ちの急《いそ》ぎに父母に物言《は》ず来《け》にて今ぞ悔《くや》しき　（巻二〇・四三三七）
Ⓔ防人《さきむり》に立たむ騒《さわ》きに家の妹《いむ》が業《な》るべきことを言はず来《き》ぬかも　（巻二〇・四三六四）

Ⓐ今更《いまさら》に何をか思はむうちなびき心は君に寄りにしものを　（巻四・五〇五）
Ⓑ今更に何をか思はむ梓弓引きみ緩《ゆる》へみ寄りにしものを　（巻一二・二九八九）

Ⓐよく渡る人は年にもありといふを何時《いつ》の間《ま》にそも我《あ》が恋ひにける　（巻四・五二三）
Ⓑ年渡るまでにも人はありといふを何時の間にそも我が恋ひにける　（巻一三・三二六四）

Ⓐ佐保川《さほがは》の小石《こいし》踏《ふ》み渡りぬばたまの黒《くろ》馬の来る夜は年《とし》にもあらぬか　（巻四・五二五）
Ⓑ川の瀬の石踏み渡りぬばたまの黒馬の来る夜は常《つね》にあらぬかも　（巻一三・三三一三）

Ⓐ後《おく》れ居《ゐ》て恋ひつつあらずは紀伊《き》の国の妹背《いもせ》の山にあらましものを　（巻四・五四四）
Ⓑ世の中は恋繁《しげ》しゑやかくしあらば梅の花にもならましものを　（巻五・八一九）
Ⓒ後れ居て長恋《ながこひ》せずはみ園生《そのふ》の梅の花にもならましものを　（巻五・八六四）
Ⓓ後れ居て恋ひば苦しも朝狩《あさがり》の君が弓にもならましものを　（巻一四・三五六八）

Ⓐ大船《おほぶね》の思ひ頼みし君が去《い》なば我《あれ》は恋ひむな直《ただ》に逢《あ》ふまでに　（巻四・五五〇）
Ⓑ朝霞《あさがすみ》たなびく山を越えて去なば我は恋ひむな逢はむ日までに　（巻一二・三一八八）

Ⓐ大和道《やまとぢ》の島の浦廻《うらみ》に寄《よ》する波間《あひだ》もなけむ我が恋ひまくは　（巻四・五五一）
Ⓑ酢蛾島《すがしま》の夏身《なつみ》の浦に寄する波間も置きて我が思《おも》はなくに　（巻一一・二七二七）

Ⓐ恋ひ死なむ後《のち》は何せむ生《い》ける日のためこそ妹《いも》を見まく欲《ほ》りすれ　（巻四・五六〇）
Ⓑ恋ひ死なむ後は何せむ我が命の生ける日にこそ見まく欲りすれ　（巻一一・二五九二）

Ⓐ暇《いとま》なく人の眉根《まよね》をいたづらに掻《か》かしめつつも逢はぬ妹かも　（巻四・五六二）
Ⓑいとのきて薄き眉根をいたづらに掻かしめつつも逢はぬ人かも　（巻一二・二九〇三）

Ⓐ草まくら旅行く君を愛《うつく》しみたぐひてそ来《こ》し志賀《しか》の浜辺《はまへ》を　（巻四・五六六）
Ⓑ梓弓《あづさゆみ》末は知らねど愛《うるは》しみ君にたぐひて山路越え来《き》ぬ　（巻一二・三一四九）

Ⓐ春日山《かすがやま》朝立つ雲の居《ゐ》ぬ日なく見まくの欲《ほ》しき君にもあるかも　（巻四・五八四）
Ⓑ見渡せば春日《かすが》の野辺《のへ》に立つ霞見まくの欲しき君が姿か　（巻一〇・一九一三）

Ⓐ我がやどの夕陰草《ゆふかげくさ》の白露《しらつゆ》の消《け》ぬがにもとな思ほゆるかも　（巻四・五九四）
Ⓑ秋《あき》づけば尾花が上に置く露の消ぬべくも我《あれ》は思ほゆるかも　（巻八・一五六四）
Ⓒ秋の田の穂の上《うへ》に置ける白露の消ぬべくも我は思ほゆるかも　（巻一〇・二二四六）

Ⓐ思ひにし死にするものにあらませば千度《ちたび》そわれは死にかへらまし　（巻四・六〇三）

Ⓑ恋するに死にするものにあらませば我《あ》が身は千度死にかへらまし　（巻一一・二三九〇）

Ⓐ天地《あめつち》の神の理《ことわり》なくはこそ我《あ》が思《も》ふ君に逢はず死にせめ　（巻四・六〇五）

Ⓑ天地の神なきものにあらばこそ我が思ふ妹に逢はず死にせめ　（巻一五・三七四〇）

Ⓐなかなかに黙《もだ》もあらましを何すとか相見《あひみ》そめけむ遂《と》げざらまくに　（巻四・六一二）

Ⓑなかなかに黙もあらましをあづきなく相見そめても我《あれ》は恋ふるか　（巻一二・二八九九）

Ⓐ剣《つるぎ》大刀《たち》名《な》の惜《を》しけくも我《われ》はなし君に逢はずて年の経《へ》ぬれば　（巻四・六一六）

Ⓑみ空行く名の惜しけくも我はなし逢はぬ日まねく年の経ぬれば　（巻一二・二八七九）

Ⓒ剣大刀名の惜しけくも我はなしこのころの間《ま》の恋の繁きに　（巻一二・二九八四）

Ⓐ道に逢ひて笑《ゑ》まししからに降る雪の消《け》なば消《け》ぬがに恋ふといふ我妹《わぎも》　（巻四・六二四）

Ⓑ道の辺《へ》の草深百合《くさぶかゆり》の花笑《はなゑ》みに笑まししからに妻と言ふべしや　（巻七・一二五七）

Ⓐ心には忘るる日なく思へども人の言《こと》こそ繁き君にあれ　（巻四・六四七）

Ⓑ極《きは》まりて我も逢はむと思へども人の言こそ繁き君にあれ　（巻一二・三一一四）

Ⓐ相見ぬは幾久《いくびさ》さにもあらなくにここだく我《あれ》は恋ひつつもあるか　（巻四・六六六）

Ⓑ相見ては幾久さにもあらなくに年月のごと思ほゆるかも　（巻一一・二五八三）

Ⓐ倭文《しつ》たまき数にもあらぬ命もてなにかここだく我《あ》が恋ひわたる　（巻四・六七二）
Ⓑ倭文たまき数にもあらぬ身にはあれど千年《ちとせ》にもがと思ほゆるかも　（巻五・九〇三）

Ⓐ直《ただ》に逢ひて見てばのみこそたまきはる命に向かふ我《あ》が恋止《や》まめ　（巻四・六七八）
Ⓑよそ目にも君が姿を見てばこそ我が恋止まめ命死なずは　（巻一二・二八八三）
Ⓒまそ鏡直目《ただめ》に君を見てばこそ命に向かふ我が恋止まめ　（巻一二・二九七九）

Ⓐ後瀬山《のちせやま》後《のち》も逢はむと思へこそ死ぬべきものを今日《けふ》までも生《い》けれ　（巻四・七三九）
Ⓑ恋ひつつも後も逢はむと思へこそ己《おの》が命を長く欲《ほ》りすれ　（巻一二・二八六八）

Ⓐ一重《ひとへ》のみ妹《いも》が結《ゆ》ふらむ帯をすら三重《みへ》に結《ゆ》ふべく我《あ》が身は成りぬ　（巻四・七四二）
Ⓑ二つなき恋をしすれば常の帯を三重に結ふべく我が身は成りぬ　（巻一三・三二七三）

Ⓐ外《よそ》に居《ゐ》て恋ふれば苦し我妹子《わぎもこ》を継《つ》ぎて相《あひ》見む事計《ことはか》りせよ　（巻四・七五六）
Ⓑひとり居て恋ふれば苦し玉だすきかけず忘れむ事計りもが　（巻一二・二八九八）
Ⓒ常《つね》かくし恋ふれば苦ししましくも心休めむ事計りせよ　（巻一二・二九〇八）

Ⓐ神《かむ》さぶといなぶにはあらずはたやはたかくして後《のち》にさぶしけむかも　（巻四・七六二）

Ⓑ神さぶと否《いな》にはあらず秋草の結びし紐を解くは悲しも　（巻八・一六一二）

Ⓐ人目多み逢《あ》はなくのみぞ心さへ妹《いも》を忘れて我《わ》が思《おも》はなくに　（巻四・七七〇）
Ⓑ人目多み目こそ忍ぶれ少なくも心の中《うち》に我が思はなくに　（巻一二・二九一一）

Ⓐ一昨年《をととし》の先《さき》つ年より今年《ことし》まで恋ふれどなぞも妹に逢ひがたき　（巻四・七八三）
Ⓑ貞《さだ》の浦に寄する白波間《あひだ》なく思ふをなにか妹に逢ひがたき　（巻一二・三〇二九）

Ⓐ現《うつつ》には逢ふよしもなしぬばたまの夜《よる》の夢《いめ》にを継《つ》ぎて見えこそ　（巻五・八〇七）
Ⓑ現には逢ふよしもなし夢にだに間《ま》なく見え君恋に死ぬべし　（巻一一・二五四四）
Ⓒ現には言《こと》絶えてあり夢にだに継ぎて見えこそ直《ただ》に逢ふまでに　（巻一二・二九五九）
Ⓓうつせみの人目繁くはぬばたまの夜の夢にを継ぎて見えこそ　（巻一二・三一〇八）

Ⓐいかにあらむ日の時にかも音《こゑ》知らむ人の膝《ひざ》の上《へ》我《わ》が枕かむ　（巻五・八一〇）
Ⓑいかにあらむ日の時にかも我妹子《わぎもこ》が裳《も》引《び》きの姿朝《あさ》に日《け》に見む　（巻一二・二八九七）

Ⓐ正月《むつき》立ち春の来《き》たらばかくしこそ梅を招《を》きつつ楽しき終へめ　（巻五・八一五）
Ⓑ年のはに春の来たらばかくしこそ梅をかざして楽しく飲まめ　（巻五・八三三）

Ⓐ梅の花今咲けるごと散り過ぎず我《わ》が家《へ》の園にありこせぬかも　（巻五・八一六）

Ⓑ我妹子《わぎもこ》にあふちの花は散り過ぎず今咲けるごとありこせぬかも　（巻一〇・一九七三）

Ⓐ青柳《あをやなぎ》梅との花を折りかざし飲みての後《のち》は散りぬともよし　（巻五・八二一）

Ⓑ酒杯《さかづき》に梅の花浮かべ思ふどち飲みての後は散りぬともよし　（巻八・一六五六）

Ⓐ梅の花散らくはいづくしかすがにこの城《き》の山に雪は降りつつ　（巻五・八二三）

Ⓑ雪見ればいまだ冬なりしかすがに春霞立ち梅は散りつつ　（巻一〇・一八六二）

Ⓐ人ごとに折りかざしつつ遊べどもいやめづらしき梅の花かも　（巻五・八二八）

Ⓑ霞《かすみ》立つ長き春日《はるひ》をかざせれどいやなつかしき梅の花かも　（巻五・八四六）

Ⓐ雪の色を奪《うば》ひて咲ける梅の花今盛りなり見む人もがも　（巻五・八五〇）

Ⓑ我《わ》がやどに盛りに咲ける梅の花散るべくなりぬ見む人もがも　（巻五・八五一）

Ⓒ我が岡の秋萩の花風をいたみ散るべくなりぬ見む人もがも　（巻八・一五四二）

Ⓓ我が岡に盛りに咲ける梅の花残れる雪をまがへつるかも　（巻八・一六四〇）

Ⓐ若鮎《わかゆ》釣る松浦の川の川波《かはなみ》のなみにし思《も》はば我《われ》恋ひめやも　（巻五・八五八）

Ⓑ巻向《まきむく》の檜原《ひばら》に立てる春霞凡《おほ》にし思《おも》はばなづみ来《こ》めやも　（巻一〇・一八一三）

Ⓐはろはろに思《おも》ほゆるかも白雲《しらくも》の千重《ちへ》に隔てる筑紫《つくし》の国は　（巻五・八六六）

Ⓑはろはろに思ほゆるかも然《しか》れども異《け》しき心を我《あ》が思《も》はなくに　（巻一五・三五八八）

Ⓐ海原《うなはら》の沖行く船を帰れとか領巾《ひれ》振らしけむ松浦佐用姫《まつらさよひめ》　（巻五・八七四）
Ⓑ行く船を振り留《とど》みかねいかばかり恋《こほ》しくありけむ松浦佐用姫　（巻五・八七五）

Ⓐ音に聞き目にはいまだ見ず佐用姫《さよひめ》が領巾《ひれ》振りきとふ君松浦山《まつらやま》　（巻五・八八三）
Ⓑ音に聞き目にはいまだ見ぬ吉野川六田《むつた》の淀を今日見つるかも　（巻七・一一〇五）

Ⓐ朝露《あさつゆ》の消《け》やすき我《あ》が身他国《ひとくに》に過ぎかてぬかも親の目を欲《ほ》り　（巻五・八八五）
Ⓑ朝露の消やすき我が身老いぬともまたをち返《かへ》り君をし待たむ　（巻一一・二六八九）

Ⓐ白波の千重《ちへ》に来寄する住吉《すみのえ》の岸の黄土《はにふ》ににほひて行かな　（巻六・九三二）
Ⓑ馬の歩《あゆ》み押さへ留《とど》めよ住吉の岸の黄土ににほひて行かむ　（巻六・一〇〇二）

Ⓐ見渡せば近きものから岩隠《いはがく》りかがよふ玉を取らずは止《や》まじ　（巻六・九五一）
Ⓑ島廻《しまみ》すと磯に見し花風吹きて波は寄すとも取らずは止まじ　（巻七・一一一七）
Ⓒあさりすと磯に我《わ》が見しなのりそをいづれの島の海人《あま》か刈りけむ　（巻七・一一六七）
Ⓓ海《わた》の底沈《しづ》く白玉《しらたま》風吹きて海は荒るとも取らずは止まじ　（巻七・一三一七）

Ⓐ時つ風吹くべくなりぬ香椎潟《かしひがた》潮干の浦に玉藻《たまも》刈りてな　（巻六・九五八）

Ⓑ時つ風吹かまく知らず阿胡《あご》の海の朝明《あさけ》の潮《しほ》に玉藻刈りてな　（巻七・一一五七）

Ⓐ湯の原に鳴く蘆鶴《あしたづ》は我《あ》がごとく妹《いも》に恋ふれや時わかず鳴く　（巻六・九六一）
Ⓑ朝ゐでに来鳴くかほ鳥汝《なれ》だにも君に恋ふれや時終へず鳴く　（巻一〇・一八二三）

Ⓐ我《わ》が背子《せこ》に恋ふれば苦し暇《いとま》あらば拾《ひり》ひて行かむ恋忘れ貝　（巻六・九六四）
Ⓑ暇あらば拾ひに行かむ住吉《すみのえ》の岸に寄るといふ恋忘れ貝　（巻七・一一四七）

Ⓐ山のはにいさよふ月の出《い》でむかと我《あ》が待つ君が夜《よ》はふけにつつ　（巻六・一〇〇八）
Ⓑ山のはにいさよふ月を出でむかと待ちつつ居《を》るに夜そふけにける　（巻七・一〇七一）
Ⓒ山のはにいさよふ月をいつとかも我が待ち居らむ夜はふけにつつ　（巻七・一〇八四）

Ⓐあらかじめ君来まさむと知らませば門《かど》に宿《やど》にも玉敷かましを　（巻六・一〇一三）
Ⓑ思ふ人来《こ》むと知りせば八重むぐら覆へる庭に玉敷かましを　（巻一一・二八二四）
Ⓒむぐら延《は》ふ賤《いや》しきやども大君《おほきみ》しまさむと知らば玉敷かましを　（巻一九・四二七〇）

Ⓐ木綿《ゆふ》畳《たたみ》手向《たむけ》の山を今日越えていづれの野辺《のへ》に廬《いほ》りせむ我　（巻六・一〇一七）
Ⓑ大伴《おほとも》の御津《みつ》に船乗《ふなの》り漕ぎ出《で》てはいづれの島に廬りせむ我　（巻一五・三五九三）

Ⓐ妹《いも》に恋ひ吾《あが》の松原見渡せば潮干の潟《かた》に鶴《たづ》鳴き渡る　（巻六・一〇三〇）

Ⓑ我《わ》が背子《せこ》を我《あ》が松原よ見渡せば海人《あま》人娘《をとめ》ども玉藻《たまも》刈る見ゆ　（巻一七・三八九〇）

Ⓐ天《あめ》の海に雲の波立ち月の船星の林に漕《こ》ぎ隠る見ゆ　（巻七・一〇六八）

Ⓑ天の海に月の船浮《う》け桂梶《かつらかぢ》かけて漕ぐ見ゆ月人《つきひと》をとこ　（巻一〇・二二二三）

Ⓐ馬並《な》めてみ吉野川《よしのがは》を見まく欲《ほ》りうち越え来てそ滝に遊びつる　（巻七・一一〇四）

Ⓑ馬並めてうち群れ越え来今日見つる吉野の川をいつかへり見む　（巻九・一七二〇）

Ⓐはね縵《かづら》今する妹《いも》をうら若みいざ率川《いざかは》の音のさやけさ　（巻七・一一一二）

Ⓑはね縵今する妹がうら若み笑《ゑ》みみ怒《いか》りみ付けし紐解く　（巻一一・二六二七）

Ⓐ宇治川《うぢかは》を船渡せをと呼ばへども聞こえずあらし梶《かぢ》の音《おと》もせず　（巻七・一一三八）

Ⓑ渡り守《もり》船渡せをと呼ぶ声の至らねばかも梶の音のせぬ　（巻一〇・二〇七二）

Ⓐ武庫川《むこがは》の水脈《みを》を速みと赤駒のあがく激《たぎ》ちに濡れにけるかも　（巻七・一一四一）

Ⓑ鵜坂川《うさかがは》渡る瀬多みこの我《あ》が馬《ま》の足掻《あが》きの水に衣《きぬ》濡れにけり　（巻一七・四〇二二）

Ⓐさ夜ふけて堀江《ほりえ》漕ぐなる松浦船《まつらぶね》梶《かぢ》の音《おと》高し水脈《みを》速みかも　（巻七・一一四三）

Ⓑ松浦船騒く堀江の水脈速み梶とる間《ま》なく思ほゆるかも　（巻一二・三一七三）

Ⓐ山越えて遠津《とほつ》の浜の岩《いは》つつじ我《わ》が来《く》るまでに含《ふふ》みてあり待て　（巻七・一一八八）

Ⓑ春日野《かすがの》に斎《いつ》く三諸《みもろ》の梅の花栄《さか》えてあり待て帰りくるまで　（巻一九・四二四一）

Ⓐ大《おほ》き海の水底《みなそこ》とよみ立つ波の寄せむと思《おも》へる磯のさやけさ　（巻七・一二〇一）

Ⓑ大き海の磯本《いそもと》揺すり立つ波の寄せむと思へる浜の清《きよ》けく　（巻七・一二三九）

Ⓐ風早《かざはや》の三穂《みほ》の浦廻《うらみ》を漕《こ》ぐ船の船人《ふなびと》騒く波立つらしも　（巻七・一二二八）

Ⓑ葛飾《かづしか》の真間《まま》の浦廻を漕ぐ船の船人騒く波立つらしも　（巻一四・三三四九）

Ⓐ見渡せば近き里廻《さとみ》をたもとほり今そ我《わ》が来《く》る領巾《ひれ》振りし野に　（巻七・一二四三）

Ⓑ見渡せば近き渡りをたもとほり今か来ますと恋ひつつそ居《を》る　（巻一一・二三七九）

Ⓐ君がため浮沼《うきぬ》の池の菱《ひし》摘むと我《わ》が染めし袖濡れにけるかも　（巻七・一二四九）

Ⓑ君がため山田の沢にゑぐ摘むと雪消《ゆきげ》の水に裳《も》の裾《すそ》濡れぬ　（巻一〇・一八三九）

Ⓒ妹《いも》がためほつ枝《え》の梅を手折《たを》るとは下枝《しづえ》の露に濡れにけるかも　（巻一〇・二三三〇）

Ⓐ遠くありて雲居《くもゐ》に見ゆる妹《いも》が家に早く至らむ歩め黒駒《くろこま》　（巻七・一二七一）

Ⓑいで我《あ》が駒早く行きこそ真土山《まつちやま》待つらむ妹に行きてはや見む　（巻一二・三一五四）

Ⓐ海神《わたつみ》の持てる白玉見まく欲《ほ》り千度《ちたび》そ告《の》りし潜《かづ》きする海人《あま》は　（巻七・一三〇二）

Ⓑ底清み沈《しづ》ける玉を見まく欲り千度そ告りし潜きする海人は　（巻七・一三一八）

Ⓐ紫の糸をそ我《あ》が搓《よ》るあしひきの山橘《やまたちばな》を貫《ぬ》かむと思《おも》ひて　（巻七・一三四〇）
Ⓑ片搓《かたよ》りに糸をそ我が搓る我《わ》が背乎《せこ》が花橘を貫かむと思ひて　（巻一〇・一九八七）

Ⓐ君に似る草と見しより我《わ》が標《し》めし野山の浅茅《あさぢ》人な刈りそね　（巻七・一三四七）
Ⓑ妹《いも》に似る草と見しより我が標めし野辺《のへ》の山吹誰《たれ》か手折《たを》りし　（巻一九・四一九七）

Ⓐかくしてやなほや老いなむみ雪降る大荒木野《おほあらきの》の篠《しの》にあらなくに　（巻七・一三四九）
Ⓑかくしてやなほや守らむ大荒木の浮田《うきた》の杜《もり》の標《しめ》にあらなくに　（巻一一・二八三九）

Ⓐ石上布留《いそのかみふる》の早稲田《わさだ》を秀《ひ》でずとも縄だに延《は》へよ守《も》りつつ居《を》らむ　（巻七・一三五三）
Ⓑあしひきの山田作る児秀でずとも縄だに延へよ守《も》ると知るがね　（巻一〇・二二一九）

Ⓐはしきやし我家《わぎへ》の毛桃本繁《けももとしげ》み花のみ咲きて成らざらめやも　（巻七・一三五八）
Ⓑ見まく欲《ほ》り恋ひつつ待ちし秋萩は花のみ咲きて成らずかもあらむ　（巻七・一三六四）
Ⓒ我妹子《わぎもこ》が形見の合歓木《ねぶ》は花のみに咲きてけだしく実に成らじかも　（巻八・一四六三）
Ⓓ出《い》でて見る向かひの岡に本繁《もとしげ》く咲きたる花の成らずはやまじ　（巻一〇・一八九三）
Ⓔ大和《やまと》の室生《むろふ》の毛桃《けもも》本繁く言ひてしものを成らずはやまじ　（巻一一・二八三四）

Ⓐはなはだも降らぬ雨故《あめゆゑ》にはたつみいたくな行きそ人の知るべく　（巻七・一三七〇）
Ⓑいくばくも降らぬ雨故我《わ》が背子がみ名のここだく滝もとどろに　（巻一一・二八四〇）

Ⓐ嘆きせば人知りぬべみ山川《やまがは》の激《たき》つ心を塞《せ》かへてあるかも　（巻七・一三八三）
Ⓑ言《こと》に出《い》でて言はばゆゆしみ山川の激つ心を塞かへたりけり　（巻一一・二四三二）

Ⓐ近江《あふみ》の海波恐《かしこ》みと風守り年はや経なむ漕ぐとはなしに　（巻七・一三九〇）
Ⓑ島伝《しまづた》ふ足速《あばや》の小舟《をぶね》風守り年はや経なむ逢ふとはなしに　（巻七・一四〇〇）

Ⓐ我《わ》が背子《せこ》をいづち行かめとさき竹のそがひに寝《ね》しく今し悔《くや》しも　（巻七・一四一二）
Ⓑかなし妹《いも》をいづち行かめと山菅《やますげ》のそがひに寝しく今し悔しも　（巻一四・三五七七）

Ⓐうちなびく春来《き》たるらし山のまの遠き木末《こぬれ》の咲き行く見れば　（巻八・一四二二）
Ⓑうちなびく春さり来《く》らし山のまの遠き木末の咲き行く見れば　（巻一〇・一八六五）

Ⓐうち霧《き》らし雪は降りつつしかすがに我家《わぎへ》の園《その》にうぐひす鳴くも　（巻八・一四四一）
Ⓑ風交《ま》じり雪は降りつつしかすがに霞たなびき春さりにけり　（巻一〇・一八三六）
Ⓒ山のまに雪は降りつつしかすがにこの川柳《かはやぎ》は萌えにけるかも　（巻一〇・一八四八）

Ⓐ我《わ》がやどの花橘にほととぎす今こそ鳴かめ友に逢へる時　（巻八・一四八一）

Ⓑ逢ひ難き君に逢へる夜《よ》ほととぎす他《あた》し時ゆは今こそ鳴かめ　（巻一〇・一九四七）
Ⓒ木《こ》の暗《くれ》になりぬるものをほととぎす何か来鳴《きな》かぬ君に逢へる時　（巻一八・四〇五三）

Ⓐ卯《う》の花の過ぎば惜しみかほととぎす雨間《あまま》も置かずこゆ鳴き渡る　（巻八・一四九一）
Ⓑ卯の花の散らまく惜しみほととぎす野に出《い》で山に入《い》り来《き》鳴きとよもす　（巻一〇・一九五七）

Ⓐ君が家の花橘は成りにけり花なる時に逢はましものを　（巻八・一四九二）
Ⓑ我《わ》がやどの花橘は散りにけり悔《くや》しき時に逢へる君かも　（巻一〇・一九六九）

Ⓐ夏山の木末《こぬれ》のしげにほととぎす鳴きとよむなる声の遙《はる》けさ　（巻八・一四九四）
Ⓑ秋萩の散りのまがひに呼び立てて鳴くなる鹿の声の遙けさ　（巻八・一五五〇）
Ⓒ今夜《こよひ》のおほつかなきにほととぎす鳴くなる声の音《おと》の遙けさ　（巻一〇・一九五二）

Ⓐ夕《ゆふ》されば小倉《をぐら》の山に鳴く鹿は今夜《こよひ》は鳴かず寝《い》ねにけらしも　（巻八・一五一一）
Ⓑ夕されば小倉の山に伏す鹿し今夜は鳴かず寝ねにけらしも　（巻九・一六六四）

Ⓐ草枕旅行く人も行き触ればにほひぬべくも咲ける萩かも　（巻八・一五三二）
Ⓑ我《わ》が背子《せこ》が白たへ衣《ころも》行き触ればにほひぬべくももみつ山かも　（巻一〇・二一九二）

Ⓐ今朝《けさ》の朝明雁《あさけかり》が音《ね》寒く聞きしなへ野辺《のへ》の浅茅《あさぢ》そ色《いろ》づきにける　（巻八・一五四〇）

Ⓑ雲の上《うへ》に鳴きつる雁の寒きなへ萩の下葉《したば》はもみちぬるかも　（巻八・一五七五）
Ⓒ雁がねの来鳴きしなへに韓衣《からころも》竜田《たつた》の山はもみちそめたり　（巻一〇・二一九四）

Ⓐ秋田刈る仮廬《かりほ》もいまだ壊《こほ》たねば雁《かり》が音《ね》寒し霜も置きぬがに　（巻八・一五五六）
Ⓑ秋山の木《こ》の葉もいまだもみたねば今朝《けさ》吹く風は霜も置きぬべく　（巻一〇・二二三二）

Ⓐ秋《あき》づけば尾花が上に置く露の消《け》ぬべくも我《あれ》は思ほゆるかも　（巻八・一五六四）
Ⓑ秋の田の穂の上《うへ》に置ける白露の消ぬべくも我は思ほゆるかも　（巻一〇・二二四六）

Ⓐもみち葉《ば》の過ぎまく惜しみ思ふどち遊ぶ今夜《こよひ》は明けずもあらぬか　（巻八・一五九一）
Ⓑ春の野に心延《の》べむと思ふどち来《こ》し今日の日は暮れずもあらぬか　（巻一〇・一八八二）

Ⓐこのころの朝明《あさけ》に聞けばあしひきの山呼びとよめさ雄鹿《をしか》鳴くも　（巻八・一六〇三）
Ⓑこのころの秋の朝明に霧隠《きりごも》り妻呼ぶ鹿《しか》の声のさやけさ　（巻一〇・二一四一）

Ⓐ沫雪《あわゆき》に降らえて咲ける梅の花君がり遣《や》らばよそへてむかも　（巻八・一六四一）
Ⓑ梅の花まづ咲く枝を手折《たを》りてばつとと名《な》づけてよそへてむかも　（巻一〇・二三二六）

Ⓐ沫雪《あわゆき》の消《け》ぬべきものを今までにながらへぬるは妹《いも》に逢はむとそ　（巻八・一六六二）
Ⓑ天霧《あまき》らひ降り来《く》る雪の消《け》なめども君に逢はむとながらへわたる　（巻一〇・二三四五）

Ⓐ妹《いも》がため我《われ》玉拾《ひり》ふ沖辺《おきへ》なる玉寄せ持ち来《こ》沖つ白波　（巻九・一六六五）
Ⓑ妹がため我玉求む沖辺なる白玉寄せ来《こ》沖つ白波　（巻九・一六六七）

Ⓐ白崎《しらさき》は幸《さき》くあり待て大船にま梶《かぢ》しじ貫《ぬ》きまた帰り見む　（巻九・一六六八）
Ⓑ久慈川《くじがわ》は幸くあり待て潮船《しほぶね》にま梶しじ貫き我《わ》は帰り来《こ》む　（巻二〇・四三六八）

Ⓐさ夜中と夜《よ》はふけぬらし雁《かり》が音《ね》の聞こゆる空を月渡る見ゆ　（巻九・一七〇一）
Ⓑこの夜《よ》らはさ夜ふけぬらし雁が音の聞こゆる空ゆ月立ち渡る　（巻一〇・二二二四）
Ⓒぬばたまの夜はふけぬらし玉くしげ二上山《ふたがみやま》に月傾《かたぶ》きぬ　（巻一七・三九五五）

Ⓐ山科《やましな》の石田《いはた》の小野のははそ原見つつか君が山道《やまぢ》越ゆらむ　（巻九・一七三〇）
Ⓑ草陰《くさかげ》の荒藺《あらゐ》の崎の笠島《かさしま》を見つつか君が山道越ゆらむ　（巻一二・三一九二）

Ⓐかくのみし恋ひし渡ればたまきはる命も我《あれ》は惜しけくもなし　（巻九・一七六九）
Ⓑ君に逢はず久しくなりぬ玉の緒《を》の長き命の惜しけくもなし　（巻一二・三〇八二）
Ⓒ我妹子《わぎもこ》に恋ふるに我《あれ》はたまきはる短き命も惜しけくもなし　（巻一五・三七四四）

Ⓐわたつみのいづれの神を祈らばか行くさも来《く》さも船の早けむ　（巻九・一七八四）
Ⓑ住吉《すみのえ》に斎《いつ》く祝《はふり》が神言《かむごと》と行くとも来《く》とも船は早けむ　（巻一九・四二四三）

Ⓒ青海原《あをうなはら》風波《かぜなみ》なびき行《ゆ》くさ来《く》さつつむことなく船は早けむ　（巻二〇・四五一四）

Ⓐ我妹子《わぎもこ》が結《ゆ》ひてし紐を解かめやも絶えば絶ゆとも直《ただ》に逢ふまでに　（巻九・一七八九）

Ⓑ二人して結びし紐をひとりして我《あれ》は解き見じ直に逢ふまでは　（巻一二・二九一九）

Ⓐ梅の花咲き散り過ぎぬしかすがに白雪《しらゆき》庭に降りしきりつつ　（巻一〇・一八三四）

Ⓑ雪見ればいまだ冬なりしかすがに春霞立ち梅は散りつつ　（巻一〇・一八六二）

Ⓐ春霞山にたなびきおほほしく妹《いも》を相見て後《のち》恋ひむかも　（巻一〇・一九〇九）

Ⓑ香具山《かぐやま》に雲居たなびきおほほしく相見し児らを後恋ひむかも　（巻一一・二四四九）

Ⓐ恋ひつつも今日《けふ》は暮らしつ霞立つ明日《あす》の春日《はるひ》をいかに暮らさむ　（巻一〇・一九一四）

Ⓑ恋ひつつも今日はあらめど玉くしげ明けなむ明日をいかに暮らさむ　（巻一二・二八八四）

Ⓐ朝戸出《あさとで》の君が姿をよく見ずて長き春日《はるひ》を恋ひや暮らさむ　（巻一〇・一九二五）

Ⓑ我が背子《せこ》が朝明《あさけ》の姿よく見ずて今日の間《あひだ》を恋ひ暮らすかも　（巻一二・二八四一）

Ⓐ石上布留《いそのかみふる》の神杉《かむすぎ》神《かむ》びにし我《あれ》やさらさら恋にあひにける　（巻一〇・一九二七）

Ⓑ石上布留の神杉神さぶる恋をも我は更にするかも　（巻一一・二四一七）

Ⓐ相思《おも》はぬ妹《いも》をやもとな菅《すが》の根の長き春日《はるひ》を思ひ暮らさむ　（巻一〇・一九三四）
Ⓑ相思はずあるらむ児ゆゑ玉の緒の長き春日を思ひ暮らさく　（巻一〇・一九三六）

Ⓐ物思《おも》ふと寝《い》ねぬ朝明《あさけ》にほととぎす鳴きてさ渡るすべなきまでに　（巻一〇・一九六〇）
Ⓑ物思ふと寝ねず起きたる朝明にはわびて鳴くなり庭つ鳥さへ　（巻一二・三〇九四）

Ⓐこのころの恋の繁けく夏草の刈り払へども生《お》ひしくごとし　（巻一〇・一九八四）
Ⓑ我《わ》が背子《せこ》に我《あ》が恋ふらくは夏草の刈り除《そ》くれども生ひしくごとし　（巻一一・二七六九）

Ⓐま葛《くず》延《は》ふ夏野《なつの》の繁くかく恋ひばまこと我《わ》が命《いのち》常ならめやも　（巻一〇・一九八五）
Ⓑあらたまの年の緒《を》長くかく恋ひばまこと我が命全《また》からめやも　（巻一二・二八九一）

Ⓐ隠《こも》りのみ恋ふれば苦しなでしこが花に咲き出《で》よ朝《あさ》な朝《さ》な見む　（巻一〇・一九九二）
Ⓑ隠りのみ恋ふれば苦し山のはゆ出で来る月の顕《あら》はさばいかに　（巻一六・三八〇三）

Ⓐ六月《みなづき》の地《つち》さへ裂けて照る日にも我《わ》が袖乾《ひ》めや君に逢はずして　（巻一〇・一九九五）
Ⓑ菅《すが》の根のねもころごろに照る日にも乾めや我が袖妹《いも》に逢はずして　（巻一二・二八五七）

Ⓐ恋ひしくは日《け》長きものを今だにもともしむべしや逢ふべき夜《よ》だに　（巻一〇・二〇一七）
Ⓑ恋ふる日《ひ》は日長きものを今夜《こよひ》だにともしむべしや逢ふべきものを　（巻一〇・二〇七九）

Ⓐ白露の置かまく惜しみ秋萩を折りのみ折りて置きや枯らさむ（巻一〇・二〇九九）
Ⓑみ吉野の水隈《みぐま》が菅《すげ》を編まなくに刈りのみ刈りて乱りてむとや（巻一一・二八三七）

Ⓐ秋風に大和《やまと》へ越ゆる雁《かり》がねはいや遠ざかる雲隠《くもがく》りつつ（巻一〇・二一二八）
Ⓑ秋風に山飛び越ゆる雁がねの声遠ざかる雲隠るらし（巻一〇・二一三六）

Ⓐ夕立の雨降るごとに春日野《かすがの》の尾花が上の白露思ほゆ（巻一〇・二一六九）
Ⓑ夕立の雨うち降れば春日野の尾花が末《うれ》の白露思ほゆ（巻一六・三八一九）

Ⓐこのころの暁露《あかときつゆ》に我《わ》がやどの萩の下葉は色《いろ》づきにけり（巻一〇・二一八二）
Ⓑこのころの暁露に我がやどの秋の萩原色づきにけり（巻一〇・二二一三）

Ⓐ我《わ》が門《かど》の浅茅《あさぢ》色《いろ》づく吉隠《よなばり》の浪柴《なみしば》の野の黄葉《もみち》散るらし（巻一〇・二一九〇）
Ⓑ我がやどの浅茅色づく吉隠の夏身《なつみ》の上にしぐれ降るらし（巻一〇・二二〇七）
Ⓒ八田《やた》の野の浅茅色づく愛発山《あらちやま》峰の沫雪《あわゆき》寒く降るらし（巻一〇・二三三一）

Ⓐ秋風の日に異《け》に吹けば水茎《みづくき》の岡の木《こ》の葉も色づきにけり（巻一〇・二一九三）
Ⓑ秋風の日に異に吹けば露を重み萩の下葉は色づきにけり（巻一〇・二二〇四）

Ⓐ雁がねの来鳴きしなへに韓衣《からころも》竜田《たつた》の山はもみちそめたり　（巻一〇・二一九四）

Ⓑ雁がねの声鳴くなへに明日《あす》よりは春日《かすが》の山はもみちそめなむ　（巻一〇・二一九五）

Ⓐ秋山のしたひが下《した》に鳴く鳥の声だに聞かば何か嘆かむ　（巻一〇・二二三九）

Ⓑ朝霞《あさがすみ》鹿火屋《かひや》が下に鳴くかはづ声だに聞かば我《あれ》恋ひめやも　（巻一〇・二二六五）

Ⓒ朝霞鹿火屋が下の鳴くかはづ偲ひつつありと告げむ児もがも　（巻一六・三八一八）

Ⓐ秋の野の尾花が末《うれ》の生《お》ひなびき心は妹《いも》に寄りにけるかも　（巻一〇・二二四二）

Ⓑ明日香川瀬々《せぜ》の玉藻のうちなびき心は妹に寄りにけるかも　（巻一三・三二六七）

Ⓐ我《わ》がやどの秋萩の上《うへ》に置く露のいちしろくしも我《あれ》恋ひめやも　（巻一〇・二二五五）

Ⓑ吉隠《よなばり》の野木《のぎ》に降り覆ふ白雪のいちしろくしも恋ひむ我かも　（巻一〇・二三三九）

Ⓐ恋ふる日の日《け》長くしあれば我《わ》が園《その》の韓藍《からあゐ》の花の色に出《い》でにけり　（巻一〇・二二七八）

Ⓑ隠《こも》りには恋ひて死ぬともみ園生《そのふ》の韓藍の花の色に出でめやも　（巻一一・二七八四）

Ⓐ朝《あした》咲き夕《ゆふへ》は消《け》ぬる月草《つきくさ》の消《け》ぬべき恋も我《あれ》はするかも　（巻一〇・二二九一）

Ⓑ夕置きて朝は消ぬる白露の消ぬべき恋も我はするかも　（巻一二・三〇三九）

Ⓐ秋されば雁《かり》飛び超ゆる竜田山《たつたやま》立ちても居《ゐ》ても君をしそ思《おも》ふ　（巻一〇・二二九四）

Ⓑ春柳葛城山《かづらきやま》に立つ雲の立ちても居ても妹《いも》をしそ思ふ　（巻一一・二四五三）
Ⓒ遠つ人猟路《かりぢ》の池に住む鳥の立ちても居ても君をしそ思ふ　（巻一二・三〇八九）

Ⓐ九月《ながつき》の有明《ありあけ》の月夜《つくよ》ありつつも君が来まさば我《あれ》恋ひめやも　（巻一〇・二三〇〇）
Ⓑ今夜《こよひ》の有明の月夜ありつつも君をおきては待つ人もなし　（巻一一・二六七一）

Ⓐ我《わ》が背子《せこ》を今か今かと出《い》で見れば沫雪《あわゆき》降れり庭もほどろに　（巻一〇・二三二三）
Ⓑ我が背子を今か今かと待ち居《を》るに夜《よ》のふけゆけば嘆きつるかも　（巻一二・二八六四）

Ⓐ思ひ出《い》づる時はすべなみ豊国《とよくに》の木綿山《ゆふやま》雪の消《け》ぬべく思ほゆ　（巻一〇・二三四一）
Ⓑ思ひ出づる時はすべなみ佐保山《さほやま》に立つ雨霧《あまぎり》の消ぬべく思ほゆ　（巻一二・三〇三六）

Ⓐますらをの現《うつ》し心《ごころ》も我《あれ》はなし夜昼《よるひる》といはず恋ひし渡れば　（巻一一・二三七六）
Ⓑうつせみの現し心も我はなし妹《いも》を相見ずて年の経ゆけば　（巻一二・二九六〇）

Ⓐ玉久世《たまくせ》の清き川原《かはら》にみそぎてし斎《いは》ふ命も妹《いも》がためこそ　（巻一一・二四〇三）
Ⓑ時つ風吹飯《ふけひ》の浜に出《い》で居《ゐ》つつ贖《あか》ふ命は妹がためこそ　（巻一二・三二〇一）

Ⓐ宇治川の瀬々《せぜ》のしき波しくしくに妹《いも》は心に乗りにけるかも　（巻一一・二四二七）
Ⓑ飼飯《けひ》の浦に寄する白波しくしくに妹が姿は思ほゆるかも　（巻一二・三二〇〇）、

Ⓐ鴨川の後瀬《のちせ》静けく後《のち》も逢はむ妹《いも》には我は今にあらずとも　（巻一一・二四三一）
Ⓑ高湍《たかせ》なる能登瀬《のとせ》の川の後も逢はむ妹には我は今にあらずとも　（巻一二・三〇一八）

Ⓐ沖つ藻を隠さふ波の五百重《いほへ》波千重《ちへ》しくしくに恋ひわたるかも　（巻一一・二四三七）
Ⓑあゆをいたみ奈呉《なご》の浦廻《うらみ》に寄する波いや千重しきに恋ひわたるかも　（巻一九・四二一三）

Ⓐ近江《あふみ》の海《うみ》沖つ島山奥まけて我《あ》が思ふ妹《いも》が言《こと》の繁《しげ》けく　（巻一一・二四三九）
Ⓑ近江の海沖つ島山奥まへて我が思ふ妹が言の繁けく　（巻一一・二七二八）

Ⓐ隠《こも》り沼《ぬ》の下《した》ゆ恋ふればすべをなみ妹《いも》が名告《の》りつゆゆしきものを　（巻一一・二四四一）
Ⓑ隠り沼の下に恋ふれば飽き足《だ》らず人に語りつ忌《い》むべきものを　（巻一一・二七一九）

Ⓐ隠《こも》りどの沢泉《さはいづみ》なる岩根をも通してそ思ふ我《あ》が恋ふらくは　（巻一一・二四四三）
Ⓑ隠りづの沢たつみなる岩根ゆも通りて思ふ君に逢はまくは　（巻一一・二七九四）

Ⓐ遠き妹《いも》が振り放《さ》け見つつ偲《しの》ふらむこの月の面《おも》に雲なたなびき　（巻一一・二四六〇）
Ⓑ我が背子が振り放け見つつ嘆くらむ清き月夜に雲なたなびき　（巻一一・二六六九）

Ⓐ浅茅原《あさぢはら》小野に標結《しめゆ》ひ空言《むなこと》をいかなりと言ひて君をし待たむ　（巻一一・二四六六）

Ⓑ浅茅原小野に標結ひ空言も逢はむと聞こせ恋のなぐさに　（巻一二・三〇六三）

Ⓐ打つ田に稗《ひえ》はしあまたありと言へど選《え》らえし我《あれ》そ夜《よ》をひとり寝《ぬ》る　（巻一一・二四七六）

Ⓑ水を多み上《あげ》に種蒔《ま》き稗を多み選らえし業《なり》そ我《あ》がひとり寝る　（巻一二・二九九九）

Ⓐたらつねの母が飼《か》ふ蚕《こ》の繭《まよ》隠り隠《こも》れる妹《いも》を見むよしもがも　（巻一一・二四九五）

Ⓑたらちねの母が飼ふ蚕の繭隠りいぶせくもあるか妹に逢はずして　（巻一二・二九九一）

Ⓐ剣《つるぎ》大刀《たち》諸刃《もろは》の利《と》きに足踏みて死なば死なむよ君によりては　（巻一一・二四九八）

Ⓑ剣大刀諸刃の上に行き触れて死にかも死なむ恋ひつつあらずは　（巻一一・二六三六）

Ⓐ里遠《どほ》み恋ひうらぶれぬまそ鏡床《かがみとこ》の辺《へ》去らず夢《いめ》に見えこそ　（巻一一・二五〇一）

Ⓑ里遠み恋ひわびにけりまそ鏡面影《おもかげ》去らず夢に見えこそ　（巻一一・二六三四）

Ⓐまそ鏡手に取り持ちて朝《あさ》な朝《さ》な見れども君は飽くこともなし　（巻一一・二五〇二）

Ⓑまそ鏡手に取り持ちて朝な朝な見む時さへや恋の繁けむ　（巻一一・二六三三）

Ⓐたらちねの母に障《さは》らばいたづらに汝《いまし》も我《あれ》も事そなるべき　（巻一一・二五一七）

Ⓑたらちねの母に申《まを》さば君も我《あれ》も逢ふとはなしに年そ経ぬべき　（巻一一・二五五七）

Ⓐ誰《たれ》そこの我がやど来《き》呼ぶたらちねの母にころはえ物思《おも》ふ我《われ》を　（巻一一・二五二七）

Ⓑ誰そこの屋《や》の戸押《お》そぶる新嘗《にふなみ》に我《わ》が背《せ》を遣《や》りて斎《いは》ふこの戸を　（巻一四・三四六〇）

Ⓐおほかたは誰《た》が見むとかもぬばたまの我が黒髪をなびけて居らむ　（巻一一・二五三二）

Ⓑぬばたまの妹《いも》が黒髪今夜《こよひ》もか我《わ》がなき床《とこ》になびけて寝《ぬ》らむ　（巻一一・二五六四）

Ⓐたらちねの母に知らえず我《あ》が持てる心はよしゑ君がまにまに　（巻一一・二五三七）

Ⓑたらちねの母にも告《の》らず包めりし心はよしゑ君がまにまに　（巻一三・三二八五）

Ⓐたもとほり行箕《ゆきみ》の里に妹《いも》を置きて心空なり土は踏めども　（巻一一・二五四一）

Ⓑ立ちて居《ゐ》てたどきも知らず我《あ》が心天《あま》つ空なり土は踏めども　（巻一二・二八八七）

Ⓒ我妹子《わぎもこ》が夜戸出《よとで》の姿見てしより心空なり土は踏めども　（巻一二・二九五〇）

Ⓐ現《うつつ》には逢ふよしもなし夢《いめ》にだに間《ま》なく見え君恋に死ぬべし　（巻一一・二五四四）

Ⓑ現には直《ただ》には逢はず夢にだに逢ふと見えこそ我《あ》が恋ふらくに　（巻一二・二八五〇）

Ⓒ国遠み直には逢はず夢にだに我に見えこそ逢はむ日までに　（巻一二・三一四二）

Ⓐかくばかり恋ひむものそと思はねば妹《いも》が手本《たもと》をまかぬ夜《よ》もありき　（巻一一・二五四七）

Ⓑ世の中に恋繁けむと思はねば君が手本をまかぬ夜もありき　（巻一二・二九二四）

Ⓐ妹《いも》に恋ひ我《あ》が泣く涙《なみた》しきたへの木枕《こまくら》通り袖さへ濡れぬ　（巻一一・二五四九）
Ⓑ君に恋ひ我が泣く涙白たへの袖さへ濡れてせむすべもなし　（巻一二・二九五三）

Ⓐ思ひにし余りにしかばすべをなみ出でてそ行きしその門《かど》を見に　（巻一一・二五五一）
Ⓑ思ひにし余りにしかばすべをなみ我《われ》は言ひてき忌《い》むべきものを　（巻一二・二九四七）

Ⓐ夕されば君来まさむと待ちし夜《よ》のなごりそ今も寝《い》ねかてにする　（巻一一・二五八八）
Ⓑ玉梓《たまづさ》の君が使ひを待ちし夜のなごりそ今も寝ねぬ夜《よ》の多き　（巻一二・二九四五）

Ⓐ夢《いめ》にだになにかも見えぬ見ゆれども我《あれ》かも迷《まと》ふ恋の繁きに　（巻一一・二五九五）
Ⓑ現《うつつ》にか妹《いも》が来ませる夢にかも我か惑《まと》へる恋の繁きに　（巻一二・二九一七）

Ⓐ解《と》き衣《きぬ》の思ひ乱れて恋ふれどもなぞ汝《な》がゆゑと問ふ人もなき　（巻一一・二六二〇）
Ⓑ解き衣の思ひ乱れて恋ふれども何のゆゑそ問ふ人もなし　（巻一二・二九六九）

Ⓐ剣大刀《つるぎたち》身に佩《は》き添ふるますらをや恋といふものを忍びかねてむ　（巻一一・二六三五）
Ⓑ梓弓《あづさゆみ》引きて緩《ゆる》へぬますらをや恋といふものを忍びかねてむ　（巻一二・二九八七）

Ⓐまそ鏡清き月夜《つくよ》のゆつりなば思ひは止《や》まず恋ひこそ増さめ　（巻一一・二六七〇）
Ⓑぬばたまの夜渡る月のゆつりなば更にや妹《いも》に我《あ》が恋ひ居《を》らむ　（巻一一・二六七三）

Ⓐ朝露の消《け》やすき我《あ》が身老いぬともまたをち返《かへ》り君をし待たむ　（巻一一・二六八九）
Ⓑ露霜《つゆしも》の消やすき我が身老いぬともまたをち返り君をし待たむ　（巻一二・三〇四三）

Ⓐあしひきの山下《やました》とよみ行く水の時ともなくも恋ひわたるかも　（巻一一・二七〇四）
Ⓑしなが鳥猪名山《とりゐなやま》とよに行く水の名のみ寄《よ》そりし隠《こも》り妻《づま》はも　（巻一一・二七〇八）
Ⓒ三輪山《みわやま》の山下とよみ行く水の水脈《みを》し絶えずは後《のち》も我が妻　（巻一二・三〇一四）

Ⓐ白砂《しらまなご》御津《みつ》の黄土《はにふ》の色に出でて言《い》はなくのみそ我《あ》が恋ふらくは　（巻一一・二七二五）
Ⓑ真金《まかね》吹く丹生《にふ》の真朱《まそほ》の色に出《で》て言はなくのみそ我が恋ふらくは　（巻一四・三五六〇）

Ⓐ住吉《すみのえ》の岸の浦廻《うらみ》にしく波のしくしく妹《いも》を見むよしもがも　（巻一一・二七三五）
Ⓑほととぎす飛幡《とばた》の浦にしく波のしばしば君を見むよしもがも　（巻一二・三一六五）

Ⓐ志賀《しか》の海人《あま》の火気《ほけ》焼き立てて焼く塩の辛《から》き恋をも我《あれ》はするかも　（巻一一・二七四二）
Ⓑ志賀の海人の一日《ひとひ》も落ちず焼く塩の辛き恋をも我はするかも　（巻一五・三六五二）
Ⓒ須磨人《すまひと》の海辺常去《うみへつねさ》らず焼く塩の辛き恋をも我はするかも　（巻一七・三九三二）

Ⓐなかなかに君に恋ひずは比良《ひら》の浦の海人《あま》ならましを玉藻《たまも》刈りつつ　（巻一一・二七四三）
Ⓑ後《おく》れ居て恋ひつつあらずは田子《たご》の浦の海人ならましを玉藻刈る刈る　（巻一二・三二〇五）

Ⓐ味鎌《あぢかま》の塩津《しほつ》をさして漕ぐ船の名は告《の》りてしを逢はざらめやも　（巻一一・二七四七）
Ⓑ住吉《すみのえ》の敷津《しきつ》の浦のなのりその名は告りてしを逢はなくも怪《あや》し　（巻一二・三〇七六）
Ⓒ志賀《しか》の海人《あま》の磯に刈り乾《ほ》すなのりその名は告りてしをなにか逢ひがたき　（巻一二・三一七七）

Ⓐ片糸もち貫《ぬ》きたる玉の緒を弱み乱れやしなむ人の知るべく　（巻一一・二七九一）
Ⓑ玉の緒《を》を片緒《かたを》に搓《よ》りて緒を弱み乱るる時に恋ひざらめやも　（巻一二・三〇八一）

Ⓐ現《うつつ》にも今も見てしか夢《いめ》のみに手本《たもと》まき寝《ね》と見れば苦しも　（巻一二・二八八〇）
Ⓑ現にと思ひてしかも夢のみに手本まき寝と見ればすべなし　（巻一九・四二三七）

Ⓐ立ちて居てすべのたどきも今はなし妹《いも》に逢はずて月の経《へ》ゆけば　（巻一二・二八八一）
Ⓑ思ひ遣《や》るすべのたどきも我はなし逢はずてまねく月の経ゆけば　（巻一二・二八九二）
Ⓒ思ひ遣るたどきも我は今はなし妹に逢はずて年の経ゆけば　（巻一二・二九四一）
Ⓓうつせみの現《うつ》し心も我はなし妹を相見ずて年の経ゆけば　（巻一二・二九六〇）
Ⓔ思ひ遣るすべのたづきも今はなし君に逢はずて年の経ゆけば　（巻一三・三二六一）

Ⓐ心には千重《ちへ》に百重《ももへ》に思へれど人目を多み妹《いも》に逢はぬかも　（巻一二・二九一〇）
Ⓑ心には燃えて思へどうつせみの人目を繁み妹に逢はぬかも　（巻一二・二九三二）

Ⓐ今よりは恋ふとも妹《いも》に逢はめやも床《とこ》の辺《へ》去らず夢《いめ》に見えこそ　（巻一二・二九五七）

Ⓑ今さらに寝《ね》めや我《わ》が背子《せこ》新《あら》た夜《よ》の一夜《ひとよ》も落ちず夢に見えこそ　（巻一二・三一二〇）

Ⓒ今さらに恋ふとも君に逢はめやも寝《ぬ》る夜《よ》を落ちず夢に見えこそ　（巻一三・三二八三）

Ⓐかくのみにありける君を衣《きぬ》ならば下にも着むと我《あ》が思《おも》へりける　（巻一二・二九六四）

Ⓑかくのみにありけるものを猪名川《ゐながは》の奥《おき》を深めて我が思へりける　（巻一六・三八〇四）

Ⓐ石上布留《いそのかみふる》の高橋高々《たかたか》に妹《いも》が待つらむ夜《よ》ぞふけにける　（巻一二・二九九七）

Ⓑ豊国《とよくに》の企救《きく》の高浜《たかはま》高々に君待つ夜らはさ夜ふけにけり　（巻一二・三二二〇）

Ⓐひさかたの天《あま》つみ空に照る月の失せなむ日こそ我《あ》が恋止《や》まめ　（巻一二・三〇〇四）

Ⓑわたつみの海に出でたる飾磨川《しかまがは》絶えむ日にこそ我が恋止まめ　（巻一五・三六〇五）

Ⓐ丹波道《たにはぢ》の大江の山のさね葛《かづら》絶えむの心我《わ》が思《おも》はなくに　（巻一二・三〇七一）

Ⓑ谷狭《せば》み峰に延《は》ひたる玉かづら絶えむの心我が思はなくに　（巻一四・三五〇七）

Ⓐ我妹子《わぎもこ》し我《あ》を偲《しの》ふらし草枕旅の丸寝《まろね》に下紐《したびも》解けぬ　（巻一二・三一四五）

Ⓑ家《いは》の妹《いも》ろ我《わ》を偲ふらし真結《まゆす》ひに結《ゆす》ひし紐《ひも》の解《と》くらく思《も》へば　（巻二〇・四四二七）

Ⓐ雲居《くもゐ》なる海山超えてい行きなば我《あれ》は恋ひむな後《のち》は逢ひぬとも　（巻一二・三一九〇）

Ⓑ東道《あづまぢ》の手児《てご》の呼坂《よびさか》越えて去《い》なば我は恋ひむな後は逢ひぬとも　（巻一四・三四七七）

Ⓐよしゑやし恋ひじとすれど木綿間山《ゆふまやま》越えにし君が思ほゆらくに　（巻一二・三一九一）

Ⓑ恋ひつつも居《を》らむとすれど遊布麻山《ゆふまやま》隠れし君を思ひかねつも　（巻一四・三四七五）

Ⓐ直《ただ》に来ずこゆ巨勢道《こせぢ》から石橋《いしばし》踏みなづみぞ我《あ》が来《こ》し恋ひてすべなみ　（巻一三・三二五七）

Ⓑ直に行《い》かずこゆ巨勢道から岩瀬《いはせ》踏み尋《と》めそ我が来し恋ひてすべなみ　（巻一三・三三二〇）

Ⓐかくのみし相思《あひおも》はざらば天雲《あまくも》のよそにそ君はあるべくありける　（巻一三・三二五九）

Ⓑかくばかり恋ひむとかねて知らませば妹《いも》をば見ずそあるべくありける　（巻一五・三七三九）

Ⓐ母父《おもちち》も妻も子どもも高々《たかたか》に来《こ》むと待ちけむ人の悲しさ　（巻一三・三三三七）

Ⓑ母父も妻も子どもも高々に来むと待つらむ人の悲しさ　（巻一三・三三四〇）

Ⓐ浦潭《うらぶち》に臥したる君を今日今日と来《こ》むと待つらむ妻しかなしも　（巻一三・三三四二）

Ⓑもみち葉《ば》の散りなむ山に宿りぬる君を待つらむ人しかなしも　（巻一五・三六九三）

Ⓐ足柄《あしがり》の刀比《とひ》の河内《かふち》に出《い》づる湯のよにもたよらに児《こ》ろが言はなくに　（巻一四・三三六八）

Ⓑ筑波嶺《つくはね》の岩もとどろに落つる水世《よ》にもたゆらに我《わ》が思《おも》はなくに　（巻一四・三三九二）

Ⓐ伊香保《いかほ》ろに天雲《あまくも》い継《つ》ぎかぬまづくひととおたはふいざ寝しめとら　（巻一四・三四〇九）
Ⓑ岩《いは》の上《へ》にいかかる雲のかのまづくひとそおたはふいざ寝しめとら　（巻一四・三五一八）

Ⓐ我《あ》が面《おも》の忘れむしだは国溢《はふ》り嶺《ね》に立つ雲を見つつ偲《しの》はせ　（巻一四・三五一五）
Ⓑ面形《おもかた》の忘れむしだは大野ろにたなびく雲を見つつ偲はむ　（巻一四・三五二〇）
Ⓒ我《あ》が面《もて》の忘れもしだは筑波嶺《つくはね》を振《ふ》り放《さ》け見つつ妹《いも》は偲《しぬ》はね　（巻二〇・四三六七）

Ⓐ我《わ》が旅は久しくあらしこの我《あ》が着《け》る妹《いも》が衣《ころも》の垢《あか》つく見れば　（巻一五・三六六七）
Ⓑ旅とへど真旅《またび》になりぬ家の妹《も》が着せし衣に垢つきにかり　（巻二〇・四三八八）

Ⓐ白たへの我《あ》が下衣《したごろも》失はず持てれ我が背子《せこ》直《ただ》に逢ふまでに　（巻一五・三七五一）
Ⓑ白たへの我が衣手を取り持ちて斎《いは》へ我が背子直に逢ふまでに　（巻一五・三七七八）

Ⓐ大君《おほきみ》の遣《つか》はさなくにさかしらに行きし荒雄《あらを》ら沖に袖振る　（巻一六・三八六〇）
Ⓑ官《つかさ》こそ指《さ》しても遣《や》らめさかしらに行きし荒雄ら波に袖振る　（巻一六・三八六四）

Ⓐ大《おほ》き海《うみ》の奥かも知らず行く我《われ》を何時《いつ》来《き》まさむと問ひし児《こ》らはも　（巻一七・三八九七）
Ⓑ闇の夜《よ》の行《ゆ》く先《さき》知らず行く我を何時来まさむと問ひし児らはも　（巻二〇・四四三六）

Ⓐほととぎす夜声《よごゑ》なつかし網《あみ》ささば花は過《す》ぐとも離《か》れずか鳴かむ　（巻一七・三九一七）

Ⓑほととぎす聞けども飽かず網捕《と》りに捕りてなつけな離れず鳴くがね　（巻一九・四一八二）

Ⓐあしひきの山の木末《こぬれ》のほよ取りてかざしつらくは千年寿《ちとせほ》くとそ　（巻一八・四一三六）

Ⓑ青柳のほつ枝《え》攀《よ》ぢ取りかづらくは君がやどにし千年寿くとそ　（巻一九・四二八九）

Ⓐ我《わ》が背《せ》なを筑紫《つくし》へ遣《や》りて愛《うつく》しみ帯は解《と》かななあやにかも寝《ね》も　（巻二〇・四四二二）

Ⓑ我が背なを筑紫へ遣りて愛しみ結《えひ》は解かななあやにかも寝む　（巻二〇・四四二八）

◉資料3

特に注目したい類歌

資料2「類歌・異伝歌等（本書で論じなかった短歌）一覧」に列挙した類歌計二一〇組中、男女の類歌の組み合わせは計二一組あり、その割合は類歌の約一割を占めています。また、その中で、「妹《いも》・我妹子《わぎもこ》」や「君・我《わ》が背子《せこ》」の語が双方に読み込まれている類歌は、次の一四組です。

男　我妹子《わぎもこ》に恋ひつつあらず秋萩《あきはぎ》の咲きて散りぬる花にあらましを　（巻二・一二〇）
女　長き夜《よ》を君に恋ひつつ生《い》けらずは咲きて散りにし花にあらましを　（巻一〇・二二八二）

女　天地《あめつち》の神の理《ことわり》なくはこそ我が思ふ君に逢はず死にせめ　（巻四・六〇五）
男　天地の神なきものにあらばこそ我《あ》が思《も》ふ妹に逢はず死にせめ　（巻一五・三七四〇）

女　君がため浮沼《うきぬ》の池の菱《ひし》摘むと我《わ》が染めし袖濡れにけるかも　（巻七・一二四九）

女　君がため山田の沢にゑぐ摘むと雪消《ゆきげ》の水に裳《も》の裾《すそ》濡れぬ　（巻一〇・一八三九）

男　妹《いも》がためほつ枝《え》の梅を手折《たを》るとは下枝《しづえ》の露に濡れにけるかも　（巻一〇・二三三〇）

女　君に似る草と見しより我《わ》が標《し》めし野山の浅茅《あさぢ》人な刈りそね　（巻七・一三四七）

男　妹《いも》に似る草と見しより我が標めし野辺《のへ》の山吹誰《たれ》か手折《たを》りし　（巻一九・四一九七）

女　我《わ》が背子《せこ》をいづち行かめとさき竹のそがひに寝《ね》しく今し悔《くや》しも　（巻七・一四一二）

男　かなし妹《いも》をいづち行かめと山菅《やますげ》のそがひに寝しく今し悔しも　（巻一四・三五七七）

男　沫雪《あわゆき》の消《け》ぬべきものを今までにながらへぬるは妹《いも》に逢はむとそ　（巻八・一六六二）

女　天霧《あまき》らひ降り来《く》る雪の消《け》なめども君に逢はむとながらへわたる　（巻一〇・二三四五）

女　六月《みなづき》の地《つち》さへ裂けて照る日にも我《わ》が袖乾《ひ》めや君に逢はずして　（巻一〇・一九九五）

男　菅《すが》の根のねもころごろに照る日にも乾めや我が袖妹《いも》に逢はずして　（巻一二・二八五七）

女　秋されば雁《かり》飛び超ゆる竜田山《たつたやま》立ちても居《ゐ》ても君をしそ思《おも》ふ　（巻一〇・二二九四）

男　春柳葛城山《かづらきやま》に立つ雲の立ちても居ても妹《いも》をしそ思ふ　（巻一一・二四五三）

女　遠つ人猟路《かりぢ》の池に住む鳥の立ちても居ても君をしそ思ふ　（巻一二・三〇八九）

このころの暁露《あかときつゆ》に我《わ》がやどの萩の下葉は色《いろ》づきにけり　（巻一〇・二一八二）
このころの暁露に我がやどの秋の萩原色づきにけり　（巻一〇・二二一三）

近江《あふみ》の海《うみ》沖つ島山奥まけて我《あ》が思ふ妹《いも》が言《こと》の繁《しげ》けく　（巻一一・二四三九）
近江の海沖つ島山奥まへて我が思ふ妹が言の繁けく　（巻一一・二七二八）

朝露の消《け》やすき我《あ》が身老いぬともまたをち返《かへ》り君をし待たむ　（巻一一・二六八九）
露霜《つゆしも》の消やすき我が身老いぬともまたをち返り君をし待たむ　（巻一二・三〇四三）

志賀《しか》の海人《あま》の火気《ほけ》焼き立てて焼く塩の辛《から》き恋をも我《あれ》はするかも　（巻一一・二七四二）
志賀の海人の一日《ひとひ》も落ちず焼く塩の辛き恋をも我はするかも　（巻一五・三六五二）

母父《おもちち》も妻も子どもも高々《たかたか》に来《こ》むと待ちけむ人の悲しさ　（巻一三・三三三七）
母父も妻も子どもも高々に来むと待つらむ人の悲しさ　（巻一三・三三四〇）

あとがき

二〇〇八年一〇月二五日の正午、職場の会議中に具合が悪くなり、意識不明のまま救急車で順天堂大学病院（恩師の大野晋先生が三ヶ月前に亡くなられた同じ病院）に搬送され、脳内出血と判明。集中治療室に入り二日後、意識は戻ったものの左半身に重い麻痺が残り、都立大塚病院に移って専門的なリハビリ治療を受け、何とか日常生活が送れるまでに回復でき、二ヶ月後に退院。結果的に、発症直後から不幸中の幸いが重なり助かりました。すぐに救急車を呼んでくださり、脳外科のある病院に受け入れられ、右脳出血であったため、言葉と利き腕の右半身は無事でした。多くの方から「神様が与えてくださった休息」と言われました。担当医も、過労が原因でしょう、と。

発病の四ヶ月前に『沖縄古語の深層』（森話社）を上梓し、次は『万葉集』に関する本の出版を森話社の西村篤さんに勧められ、書く気になっていました。しかし、それも白紙に戻し、もう書けないだろうと断念しました。麻痺は消えず、毎日リハビリは続きましたが、二〇〇九年度の授業は一度も休講にすることなく、どうにか職場復帰できました。ひとえに同僚教員が授業以外の仕事を大幅に軽減してくださったお陰です。感謝いたします。会議等の校務も少なくしてくださり、授業の準備をする時間が、久しぶりに確保されるようになりました。そこで、考えました。

二〇一〇年度の授業で、『万葉集』に関する本の原稿を作成できるのではないか、と。その結果、以下の三つの方針を立てました。①拙著『万葉難訓歌の研究』（法政大学出版局、二〇〇一年）と『万葉集の歌を推理する』（文春新書、二〇〇三年）と、それ以降の拙論などをベースに『万葉異説』の書名で、リニューアルした内容にする。②A３用紙一枚の授業用プリントで、授業一回分を一話（四〇〇〇字程度）にする。③文章は学生が読みやすい敬体（ですます調）で書くことにする。以上の基本三本柱で一年間、学生の反応を見ながら書き続け、本書は出来上がりました。

麻痺は依然として残っています。リハビリに終わりがないように、研究にも終わりはありません。二〇一一年度も焦らず無理せず、体調を整えて、一年間授業をきちんと行うのが目標です。それも職場の方々の配慮と家族の支えがあるからこそできるのです。今まで以上に感謝の気持ちを忘れずに、これからも一日一日を大切に過ごしたいと思います。この場をお借りして、最後に一言。

学習院で学生時代に教えを受けた先生方も高齢になられました。長年にわたり御指導いただいた須山名保子先生は喜寿を、山口佳紀先生は古稀を迎えられました。そして、父は今年三月に傘寿を迎えます。齢五〇の春に、感謝のしるしとして、ささやかな小著をささげることにいたします。

二〇一一年一月二五日

間宮厚司

［著者略歴］

間宮厚司（まみや・あつし）

1960年8月　東京都に生まれる
1979年3月　学習院高等科卒業
1983年3月　学習院大学文学部卒業
1985年3月　学習院大学大学院人文科学研究科博士前期課程修了
1987年3月　学習院大学大学院人文科学研究科博士後期課程中退
1987年4月　鶴見大学文学部専任講師
1995年4月　法政大学文学部助教授
2003年3月　博士（文学）号取得

現　職　　法政大学文学部教授
専　攻　　日本古典語学
著書［単著］『万葉難訓歌の研究』（法政大学出版局、2001年）
『万葉集の歌を推理する』（文春新書、2003年）
『おもろさうしの言語』（笠間書院、2005年）
『沖縄古語の深層』（森話社、2008年）
『万葉異説』（森話社、2011年）
『沖縄古語の深層［増補版］』（森話社、2014年）
［編著］『高村光太郎新出書簡 大正期 田村松魚宛』（笠間書院、2006年）

［カバー写真］
黒澤勉

［本文イラスト］
森清香（第 1・2・2 補遺・3 導入・5・7・10・11・14・17・18 話）
富澤彩乃（第 3・4・6・8・9・12・13・15・16・19 話）
林菜奈香（第 20 話）
太田千鶴（まえがき、第 21 話）

万葉異説——歌ことばへの誘《いざな》い ［増補版］

発行日……………………2021 年 8 月 31 日・増補版第 1 刷発行

著者……………………間宮厚司
発行者…………………大石良則
発行所…………………株式会社森話社
〒 101-0047 東京都千代田区内神田 1-15-6 和光ビル
Tel 03-3292-2636
Fax 03-3292-2638
振替 00130-2-149068
印刷・製本……………株式会社シナノ

ISBN 978-4-86405-162-0 C0092